JN010677

「急募：俺と結婚してください！」
の看板を掲げる勇者様と結婚したら、
溺愛される
ことになりました

「急募：俺と結婚してください！」の看板を掲げる
勇者様と結婚したら、溺愛されることになりました

待鳥園子

illustration Shabon

ICHIJINSHA IRIS NEO

CONTENTS

この作品はフィクションです。
実際の人物・団体・事件などには関係ありません。

「急募：俺と結婚してください！」の看板を掲げる勇者様と結婚したら、溺愛されることになりました

序章　手持ち看板

もし、あなたに美しくて優しくて、完璧だと言える最高の親友が居たとする。

そんな子が傍《そば》に居るならば、きっと誰だって親友を大好きになってしまうはず。私もそう。

けど、親友が同じ年頃の同性であるならば、ことある毎《ごと》に比較され、彼女の方が上だと思い知らされるたびに、こう思ってしまうだろう。

自分は誰の目から見てもあの子より劣っていて、本当に駄目な存在なんだって。

彼女への褒め言葉を聞くたびに、微笑《ほほえ》みながら思ってしまうのだ。

では、その隣に居る私には、褒めるところが何もないのかしら？　と。

ノワール伯爵家二番目の娘フィオナ・ノワールである私の幼馴染《おさななじ》みで親友のジャスティナ・エリュロトンは、多くの貴族が集う社交界にあっても美しく華やかな容姿、まばゆい金髪と新緑を思わせる瞳を持ち、聡明《そうめい》で機知に富んだ会話ができるなど多くの美点を持つ、とても素敵な女性だ。

性格も明るくて優しくて、私だって大好きだ。

私たち二人は同い年の幼馴染みで親同士だって仲が良いから、近くにあるお互いの邸《やしき》を行き来してどんどん交流を深めていった。

ジャスティナの幼い頃は、人見知りで引っ込み思案だった。けれど、まるで花のつぼみがほころんでいくように、大人になるにつれ美しく気高い薔薇《ばら》のような素敵な女性へと成長した。

私は当たり前のようにそんな彼女が大好きだったので、お茶会にも夜会にも常に二人で連れ立って出席し、共に楽しんだものだ。

社交界デビューを果たし、ただ仲良しだと無邪気でいられた時を過ぎて、彼女の素晴らしさを褒めそやす異性の美辞麗句を聞くたびに、私の心の中にはどす黒い何かが渦巻くようになってしまった。

では、私はどうなのかしら？　と聞きたいけど聞けなかった。

ジャスティナを褒める彼らだってそう思っているのなら、口にしているはずだもの。

礼儀ある紳士で大人だから、あからさまにジャスティナと私を比較したりなんてしない。けど、その隣に居る私のことには一切触れない。不自然なくらいに。

口に出さなくても、彼らが言いたいことはわかった。

社交界デビューをしてから一年経《た》ち、ジャスティナと私はいまだ婚約者が決まっていない。

けれど、彼女は降るようにやってくる縁談を前に迷っているだけだし、私には縁談は来ない。

ほんの少し前までは「ジャスティナは確かに美しくて素晴らしい女性だけど、きっと私の良さを評価してくれる人だって居るはず」と、前向きに思えていた。

大多数の人はジャスティナのことが好きかもしれないけど、こんな私を気に入ってくれる物好きな人だって、少数派かもしれないけど居るはずだと。

そう思っていたけど、今夜の夜会で私が憧れているヴェルデ侯爵家の跡継ぎエミリオ様とジャスティナが人目を避けるように楽しそうに談笑しているところを目撃してしまった時に、ジャスティナのように気高くありたいと思っていた私の心は見事に折れた。

ジャスティナには一言声をかけてから帰ろうと、そう思っただけなんだけど……あんなに、楽しそうに話しているんだもの。

きっと、一緒に来た私のことなんて忘れているに決まっている。

エミリオ様に憧れていると以前ジャスティナに打ち明けたことなんて、彼女はもう忘れてしまっているのだろう。

城からの帰路、馬車の小さな窓から外を見れば、いまの私の心を映しだしたようなはっきりしない雨模様だった。

暗くなった黒い窓には、浮かない表情を浮かべた自分の顔が映っていた。

ゆるく巻いた栗色《くりいろ》の髪に、薄い緑色の瞳。自分ではそう悪くないと思えるまだ幼さの残るこの顔だって、美しく容姿が良いことが当然な貴族社会においては平均にも及ばないのだろう。

家族には愛されて近しい人たちには可愛《かわい》いとは言ってもらえていたから、自らを知らずにずっと勘違いをしていて恥ずかしい。

末っ子の私はお兄様やお姉様から、何年か遅くに生まれた。

歳《とし》の離れた末娘を家族全員で可愛がるなんて、当たり前だ。

このままでは、誰一人にも声をかけてもらえずに、壁の花になる運命が待っているだろう。

きっと私に甘いお父様もお母様も、娘がこんな事態に陥っているなんて、思っていない。

結婚相手が決まらない独身の貴族令嬢の行く先は、修道院か……職業婦人として家庭教師になるしかない。

ふと窓に映る自分から目線を外すと誰かが木製の手持ち看板を掲げ、道ゆく人に必死に叫んでいる光景が目に入った。

まるで何かに吸い寄せられるように視線を向け、彼は何をそんなにも主張しているのだろうと私は気になった。

いつもの私なら、気にも留めないことだったのかもしれない。

だけど、この時は、絶望的に沈んでしまった気持ちを少しでも紛らわせたかった。

美しいジャスティナと比較して、私を選んでくれる男性なんて、居るわけがない。

今自分が居る辛《つら》い現実を、直視なんてしたくなかった。

私は馬車の御者台に座る御者に知らせるために、コンコンと前の壁を叩《たた》いた。

「ここで、停《と》めてちょうだい」

「……フィオナお嬢様？　どうかなさいましたか。ご気分でも？」

驚いた声は私が珍しく車酔いでもしたのかと、心配しているようだ。

「いいえ。少し……用事を思い出したわ。貴方《あなた》たちは、ここで待っていて」

雨足の強くなってきた中で早く帰りつき温まりたかっただろう御者は、何を言っているのかと不思議に思ったはず。

けれど、どんなに不自然であろうと自らが仕えるノワール伯爵家の娘の指示に、御者の彼が逆らうことはできない。

短い馬のいななきと共に、車輪が鈍い音を立てて馬車は停まり、私は迷いなく扉を開けた。

夜会用の重たいドレスが水に濡《ぬ》れてしまうのもお構いなしに、私は手持ち看板を持っていた背の高い男性を見た。

暗い雨の中で目を凝らせば、彼は酒場の軒先で『急募：俺と結婚してください』と、大きく書かれた手持ち看板を持っていた。

広い敷地を持つ庶民的な酒場には、煌々《こうこう》と照明が灯っている。

その軒先のバルコニーでは、天気が良ければお酒を飲むことができるように、一段高くなっていて、その場所に立っている彼は、とても目立っていた。

少し距離があるから何を言っているのかはわからないけれど、雨の中をまばらに歩く人たちに呼びかけていることはわかる。

どう考えてもそんな変な人と結婚したい女性なんて居るわけがないから、誰からの反応もなく素通りされていた。

雨も降っているし、家路を急ぐ、いくつもの傘が彼の前を横切っていった。

誰かにこれを話せば、きっとどうかしていると思われそうだけど、私は懸命に呼びかけている彼に興味が湧いてしまった。

どうか結婚してくださいと街頭で呼びかけるくらいならば、良いところが何ひとつない私だって良いはずだ。

相手に困っている彼なら、こんな私とだって結婚してくれるかもしれない。

ドレスの裾を持った私は傘も差さずに、彼へと駆け寄り、彼の顔を見て目を見張った。

驚くほどに造作の整った、美しい男性だったから。

きっと、今夜が彼の顔が見えないような、傘を差さないと歩けない雨の日でなければ、私のような物好きな女性だって何人かは居たのかもしれない。

背も高くて均整の取れた体つきの男性が、ただそこにいるというだけで、目を留める人も多いはずだ。

彼が纏《まと》っている服は、まるで身軽な冒険者のようだ。腰には長い剣が見えた。長剣を使って魔物と戦う、剣士なのかもしれない。

女性側からぜひ結婚してほしいとお願いされそうなのに、なぜ彼はこんなところで結婚相手を募っているの？

混乱してしまった私は、もしかしたら、彼は自分が思っているような人ではないのかもしれないと、その時に気がついた。

けれど、こうしてお互いを認識できるほどに近づいてしまったからには、あっさりと回れ右して後戻りすることもできない。

彼は近づいてきた私のことを認識してから、まさかと言わんばかりの、とても驚いた顔をしたから。

何歩か進めば手を取り合えるほど近い距離に居る彼と、はっきりと視線が合った。彼はぽかんとして、不思議そうに私を見ている。

このまま二人見つめ合ったままで、黙っているわけにもいかない。

「あのっ……」

呼びかけるように声を出せば、彼は我に返って私の方へと走り寄ってきた。

「はいっ？　え。何々！　もしかして、貴族のお嬢様⁉　なんで、こんなところに……どうぞどうぞ、こちらへ。雨に濡れてしまいますので」

彼はこんな飲み屋街には、どう考えても不釣り合いな高価な生地を使った夜会用ドレスを着ている私を見て、また驚いたようだった。

酒場の屋根のある軒先で手持ち看板を持っていた彼は、私を雨に濡れない場所にまで案内して、今見ている光景が信じられないと言いたげに目を何回か瞬《まばた》いてから言った。

「……え？　あの……？　もしかして、まさか……」

灯《あか》りの下ではっきりと見えた彼は、金髪碧眼《へきがん》で完璧に整った美貌の持ち主だった。

服さえ高級なものへと着替えてしまえば、実は王子様のお忍びだと言っても通るかもしれない。

あんなに主張がわかりやすい手持ち看板を持っていたのに、彼本人だって応募に応える女性が現れるなんて、夢にも思っていなかったのかもしれない。

現に彼の前に立ち止まったのは、私一人だけだもの。

意向をうかがうように無言でこちらを真剣にじっと見つめてくるので、私は急に恥ずかしくなってしまった。

こんなに美形の男性があんなことをするなんて、絶対におかしいのに。

悪い人に騙《だま》されてしまうかもしれないのに。

私はここから、自分で動くことができないの。

「……あの……もしかして。困ってます？　私……」

「めっちゃくちゃ!!　困っています!!　どうか、俺を人助けだと思って助けてください!!」

私の言葉を最後まで聞く前に、彼は大きな声で言った。降り続く雨音をかき消すような迫力で。

けど、別に怖くはなかった。

その声には私に救いを求めるような、切実なものが込められていたからかもしれない。

私はここで彼になんて言えば良いか、わからなくなった。

「えっと……その……そうです。もし、私で良かったら……」

親友のジャスティナと憧れのエミリオ様が楽しそうに談笑しているのを見て、ほんの少し前まで私みたいな人と結婚してくれるなら、誰でも良いとまで絶望していたのに。

そうなんだけど……でも、なんだか、これって……私が考えていたのとは全然違っているみたい。

「嬉《うれ》しいです！　ご応募、ありがとうございます！　俺と、ぜひ結婚しましょう!!」

明るく笑った彼は私の両手をぎゅっと握って、とても嬉しそうにそう言った。

よくわからない流れで結婚を申し込まれて、自分でも信じられないことにすんなりと頷《うなず》いてしまった私は、自分の手を包み込む温かくて大きな彼の手をじっと見つめた。

第一章　求婚の理由

「……げ。嘘《うそ》だろ」

二人で店へ入ると可愛《かわい》らしい黒髪黒目の童顔の男性が座っていて、私と手を繋《つな》いだ彼の顔を見て驚きでか目を見張っていた。

「ルーン！　賭けは、俺の勝ちだ。どうだ。今夜中に、結婚相手が見つかったぞ！」

意気揚々とそう言った彼はどうするべきかと戸惑っていた私の椅子を引いて、自ら長いドレスの裾を調節して座らせてくれた。

変人でもなんでもなく、気遣いのできる優しい人みたい。

そして、大きな円形テーブルに所狭しと並べられた料理を前に頬杖《ほおづえ》をついたルーンと呼ばれた男性の前に腰掛け、自慢げに満面の笑顔を見せた。

ちなみに、御者が濡《ぬ》れながら私の帰りを待っていると伝えれば、彼は後で送るからと馬車を先に帰らせていた。

我が家に仕える護衛騎士一人だけは控えているのだけど、そんな彼は周囲を警戒しつつ壁際《かべぎわ》で待機している。

「うっはー……まじか。こうして目の前にしても、信じられない。あの……あんた。良いとこのお嬢さんみたいだけど、そんなに後先考えてなくて、人生大丈夫？」

結構な辛辣さで私の軽率具合について心配をしてくれたけど、そんなことはこちらだって重々承知していた。これまでの流れを知っていたら、心配されて当然だと思う。

「ははは。なんでもやってみるもんだなー……すごい苦労をして世界だって救ったし、神様もたまには俺にも微笑《ほほえ》んでくれるんだなー」

「手持ち看板持って結婚相手を募集しろは、俺も酒の勢いで軽い冗談のつもりだったんだけどねー……まさか、こんなことになるとは……まじで、いろいろと責任感じるわ」

にこにこ機嫌良く微笑む彼と、難しい表情で腕を組んだルーンさん。

そして、この状況が全く掴《つか》めずに置いてけぼりな私。

「あのっ……？　えっと、これって……一体、どういうことなんですか？」

私のもっともな疑問を聞いて、ルーンさんは眉をひそめてから彼に呆《あき》れたように言った。

「シリル。結婚を約束しておいて、彼女には、まだなんの説明もしてないのか。説明責任は、ちゃんと果たせよ」

「ごめん。俺のところまで来てくれて嬉《うれ》しすぎたし、もうそれ以上のことが何も考えられなくて。俺はシリル・ロッソ。この前世界を救った、勇者だよ」

俺は八百屋のトムですのように、さらりと自己紹介された。

けど、シリル・ロッソさんが言った内容が信じられなくて、私は口を両手で押さえてしまった。

「え。シリル・ロッソって……けど、勇者様ご一行は魔王を倒した後に、より自分を高めるためと修行の旅に出かけて……だから、そう。もうこの国には、居ないからって……」

救世の旅を終えた彼らの行き先は、そのはずだった。

私たちは見事魔王を打ち倒したお祝いのパレードで勇者ご一行を見るのを楽しみにしていたんだけど、彼らはもう既に国を出てしまっているというお触れがあったのだ。

「あ。それは、嘘うそ。俺ら堅苦しいの嫌いだから、魔王を倒した祝勝会みたいなのも全部パスしたくて、そういうことにしておきましょうっていう、建て前のあれね。あと、一刻も早くこの国出たくて……はは」

「そうだな。魔王討伐成功報告だけ済ませて、俺らはすぐに城を出たから。そういうことになっていたって、あとから噂《うわさ》で聞いた。俺たちも」

半年前に勇者様ご一行が魔王を倒し世界を救ったとの一報が入った時、私たちは歓喜に沸いて、それを聞いたものだった。

百年に一度周期での魔王復活があれば、魔物は活性化するし、魔王がそのまま世界を支配してしまえば私たち人間は滅ぶ。

だから、救世主たる勇者様ご一行が居なければ、私たちは生きていられなかった。

そんなすごい人たちを目の前にして、私はますます先ほどのシリルさんの行動が理解できなかった。

勇者様ご一行には、魔王を倒した報酬はたっぷりと支払われ、彼らは名誉も権力も一生使えきれないほどの金銭だって手にしているはずなのに。

「あの、ロッソ様がこのお店の前であんなことをしていたのは、なぜですか？　魔王を倒したのですから、世界の誰からも英雄と呼ばれるでしょうに」

「あ。俺のことは、シリルで良いよ。はははー……そこは、気になるよね。そりゃ、そうだよね」

困ったように頭を掻《か》いて勇者様……シリルは、ため息をついた。

酒場の灯《あか》りの中で見る彼の容姿は吟遊詩人が謳《うた》う通り、凛《りん》としていて優美。

この目で手持ち看板を持っていた彼を見た私だって、こんな人が結婚相手を募集していたなんて、さっきの出来事なのに信じられない。

「というか、名も知らぬお嬢様。あんたは、どこの誰？　どうして、こんな庶民の飲み屋街に居た？てか、なんで、あんな怪しげな看板を見て、こいつと結婚しようと思ったの？」

ルーンさんの鋭い指摘に、私は息を呑《の》んだ。

だって何をどう説明すれば良いのか、わからない。

美しい親友ジャスティナへ複雑な思いを持つ私の気持ちを、ここで何もかも正直にさらけ出して良いものかどうか。

シリルがしたことだって十分に奇想天外だけど……それに応えた私だって人のことは言えない。

「あの文言を考えて看板を魔法で書いたのはそこのお前だろ……怪しげって、それはひどくない？」

「あんな看板持って、しかも暗い雨の日に呼びかけて、それに乗ってくる女が居るなんて思わなかった。まあ、言いたくないなら、別に良いけど？　俺には関係ないし」

ルーンさんがそうして疑問に思うのも、もっともな話だ。

結婚を申し込まれて頷《うなず》いた私本人が、どうしてそうしたのかを、ちゃんと説明しなければと、彼ら二人の小気味よい会話に慌てて口を挟んだ。

「あのっ……私はフィオナ・ノワール。ノワール伯爵家の二番目の娘です。私……その、社交界デビューをして一年経《た》っても誰にも声をかけてもらえなくて……結婚を焦《あせ》っていたんです。そうしたら、シリルさ……シリルが、呼びかけていて……」

　現在の私の状況を、まだ関係の深くない人に言えるところまでを言ったら、彼ら二人は目を合わせて何度か頷いた。

「へー……社交界デビュー一年で縁談なし、ねえ。全然、焦ることなんてなさそうだけど……あの」

「俺には、すごいラッキーだった！　ルーン。聞いた？　ノワール伯爵っていえば……ベアトリスの父親のヴィオレ伯爵と犬猿の仲の人だろ？　最高だよ……俺には、この人しか居ないんだ」

　ルーンさんは自分の話に被《かぶ》せるように遮ったシリルの方を向いて嫌な顔をしつつ、喜んだ理由を察したのか、目を細めて頷いた。

「ああ。それは間違いないな。彼女の父親はヴィオレ伯爵と仲の悪いノワール伯爵だろう。シリル。良かったな。あまりに上手《うま》く行きすぎて、腑《ふ》に落ちない部分も多いが、これでお前もベアトリスから逃げきることができるぞ」

「うわー……なんか、結構酔ってたから、勢いで変なことしでかしたのは認めるけど、そんな俺に幸運の女神が舞い降りた……この世界のすべてに、感謝するわ」

　そう言ってシリルは天を仰ぎ、神に祈りを捧《ささ》げるように両手を組んだ。

「あの……？　ベアトリスって、あの……もしかして、聖女様のことですか？」

ベアトリス・ヴィオレはヴィオレ伯爵家に生まれた時に教会から聖女誕生の託宣を受け、そのまま教会で育てられることになった女性だ。だから、私は一度も彼女に会ったことはない。

けれど、噂ではよく彼女の名前を聞いたから、聖女で勇者様ご一行の一人であることは間違いないはずだった。

「そうそう。シリルはそのベアトリスに、結婚してほしいって迫られ続けてたんだけど、ずーっと断り続けてて……まあ、魔王討伐の旅をしている間は、こいつものらりくらりで我慢していたわけ。パーティ内での役割は明確に決まってるし、俺らだって聖魔力持ってるあいつ居ないと、回復できなくて困るしさ。んで、魔王討伐の旅を終えて、シリルはベアトリスから一目散に逃げ出したんだよ……うん。まあ、本当に嫌だったんだな」

他人事《ひとごと》だと言わんばかりのルーンさんと私はシリルを見たんだけど、シリルは無言で微妙な顔をしていた。

おそらく、紳士的な彼は自分に結婚を迫っていた女の子をたとえ迷惑だったからといって、悪くは言いたくなかったのかもしれない。

「えっと……それと、今日看板を持って結婚相手を募っていたのは、どういう……？」

結局のところ、私はシリルがなぜあんなことをしていたのかという核心を知りたかった。

結婚するしないは、置いておいたとしても。

「あー……うん。気になるよな。どう捜しても逃げたシリルが見つからないとベアトリスはキレて、このカルデラ王国の王様にあるお願い事をしたんだよな」

そこでちらっとルーンさんはシリルを見たんだけど、彼は曖昧に笑うのみだった。

本人が口を開くのを待っているのかもしれないけど、我慢できなくなった私がつい聞いてしまった。

「……あのっ、ベアトリス様がしたのは、どんなお願いだったんですか？」

二人とも目を合わせてたけど、大きく息をついて重々しく口を開いたのはシリルだった。

「ベアトリスは……自分が居なくてはならない聖女だということを盾にして、俺と結婚できなかったらこの国を出ると言いだしたんだ」

……え？

「そんなわけで、シリルは頼むから聖女のベアトリスと結婚してくれと王様に泣きつかれてさ。断るにも断れなくて、困り果ててたんだ。だから、俺が言ったんだよ。もしかして、シリルが既に誰かと結婚をしていたら、流石《さすが》に向こうも離婚してでも結婚せよとは言わないんじゃないかってね」

シリルの話を補足するようにして、ルーンさんは淡々と語り、私は先ほどの彼の奇行をなるほどと納得した。

「それで……酒場の前で、あんなことを？」

聖女ベアトリス・ヴィオレと結婚したくない勇者シリルは、酒にも酔っていたし、もうどうにでもなれとばかりに、酒場の前で王命に逆らうための結婚相手を募集していた……と？

理屈には合うけど、信じられない。

馬車の窓からシリルを見かけた時から、立て続けに信じられないことばかりだわ。

「そうそう。それを言った俺はほんの冗談のつもりだったんだけど……マジでやるとは思わなかったんだ。酔っ払ってお互い引っ込みつかなくなってさ」

あれをやってみればと提案したルーンさんは、応募ゼロだと思っていたのに、私が応募してしまった事態に責任でも感じているのか息をついて天を仰いだ。

「けど、こうして可愛い結婚相手が見つかったんだからやってみて良かったよ。あ。借りた看板を、直しとけよ。ルーン」

「……わかってるよ」

私が彼ら二人の会話がわからずに首を傾《かし》げていると、シリルは気がついてくれてにこっと笑顔になった。

私はそんな可愛い笑顔を見て、心臓が止まるかと思った。

だって、異性からそんな表情で微笑まれた記憶なんて、私にはないからだ。

そう。紳士たちの本命であるジャスティナと仲の良い友人な私になんて、そんな好意的な笑顔を向ける人は居なかった。

「フィオナ。紹介するよ。見ての通り、こいつは魔塔所属の魔法使いでルーン・ヴェメリオ。便利な魔法を色々使うことができるから、看板の文字替えなんて、お手のものなんだ」

ここまでの会話で薄々は理解していたけど、このルーンさんも勇者様ご一行の一人である魔法使いだったみたい。

魔法使いとしてかなりの技量を求められ、厳しい資格試験も合格しなければ入れない魔塔。そこに所属しているなら、ルーンさんは若いのに優秀な人なんだろう。

「魔法使いだからって、便利に使われて本当にうんざりするよ。それで？　王様には、どう伝えておけば良いわけ？」

「俺はノワール伯爵家のフィオナ嬢と結婚するので、申し訳ないが、ヴィオレ家との縁談は辞退したいと」

「と、なると……早々に、婚約ではなく結婚しているという既成事実が要るな。あんたは？　本当にそれで良いの？」

　ルーンさんにいきなり話を振られたので、私は慌てて頷いた。

　結婚相手を急募していたシリルに、応募したのは私だ。

　それに私がここで意見をくつがえして逃げてしまえば、彼は意に沿わぬ相手と結婚させられることになってしまう。

　となると、勇者シリルと結婚したくない理由が見つからない私は、頷くしかない。

「だっ……大丈夫です！　私なんかで、お役に立てるのなら」

「ありがとう。それでは、すぐに結婚しよう。明日ノワール伯爵家へと、ご挨拶に行くから」

　即断即決と言わんばかりにシリルは軽く頷いたので、こちらの方が慌ててしまった。

「少し、待ってください！　けど、勇者様なら誰とでも結婚できるのに、私なんかが結婚相手で本当に良いんですか？」

　縁談が降るようにあって相手を選んでいる人気者なジャスティナだって、勇者として何もかもを持つシリルが結婚したいと申し込めば、すぐに了承してしまうはずだ。

それなのに、私なんかで大丈夫なの？

「良いよ良いよ。なんで、そんなにフィオナは自信がないの？　何か嫌なことでもあった？　俺は結婚できて嬉しい。これから、二人で楽しく生きていこう」

人生において割と重大な決断をしたはずなのに、シリルはなんでもないことのように頷き微笑んだ。

彼の明るい笑顔を見て、やっぱり不安になってしまった。

今は追い詰められているけれど後々になって、これは話が違ったと言い出されるかもって思ってしまって。

「……あんた。これから、大変だと思うよ。シリルには複雑な乙女心を理解するって、難しいことだから……けど、両者が結婚したいと考えているのなら、なんの支障もない。俺たちは討伐の報酬で貰った爵位もあるし、フィオナの両親だって反対はしないだろう。ヴィオレ伯爵との確執もあるだろうしなー」

確かに私のお父様であるノワール伯爵と、ヴィオレ伯爵の不仲は有名だ。

けれど、彼の娘は聖女ベアトリス様だけなので、私にとっては直接の繋がりのないヴィオレ家とはなんの確執もない。

「明日、挨拶に行ってご両親に了承してもらえたら、結婚証明書にサインをしてもらったらいいかな？　流石にもう同じ家に住み出した二人に、離婚しろなんて命令はできないだろう」

「それもそうだな……それで、良いの？　フィオナ」

さっき名前を知ったばかりだというのに早急すぎる展開で目眩《めまい》がしそうだけど、シリルが今置かれた差し迫った状況を思えば、それも仕方ないことなのかもしれない。

聖女に脅されている王様が、これ以上とんでもないことを言いださないとも限らないだろう。

「だっ……大丈夫です……！」

震える声で答えた私に、シリルは優しく微笑み、ルーンさんは呆れたように息をついた。

◇◆◇

そして、シリルに約束通りに雨の降る夜道を酒場近くで待っていた立派な馬車で送ってもらった、翌日のこと。

作法通りに先触れをしてから貴族の訪問に相応《ふさわ》しい服装を身に纏《まと》い、多額のお金を手にし、勇者シリル・ロッソは我がノワール伯爵家へとやってきた。

私も両親を前にした彼の会話で、シリルが持つ爵位を初めて知ったんだけど、なんと通常なら王族の血に連なる者にしか与えられない公爵位だった。

世界を救ってくれた勇者なのだから、そのくらいの破格な報酬は妥当だということなのだろうか。

だから、シリルは若きロッソ公爵として、私に求婚しにやってきたというわけだった。

彼の顔を既に知っていたというお父様は、シリルが現れた時から終始歓迎している様子だった。

「とにかく、今日にでも結婚証明書を提出して、すぐに同居したいんですが」

「娘がそれで、良いのなら」

　お父様とお母様が同時に私に目を向けたので、それまで完全に蚊帳《かや》の外だった私は慌てて返事をした。

「もっ……もちろんです！　よろしくお願いします！」

「まあ……ふふふ。フィオナったら、素敵な勇者様を誰にも取られたくないのね」

　目配せをしたお母様も、今まで噂でしか聞いたことのない勇者の訪れに最初は驚いていた。

　けれど、彼が持つ高い身分や私の結婚準備費用にとシリルが提示した金額を聞くと、あからさまに好意的な態度になった。本当に、現金なんだから。

　普通なら貴族同士が結婚する際は、婚約する正式な書類を交わした後で一年程度の公示期間が必要なんだけど、最高級の嫁入り先を逃したくないお父様とシリルが協力し力業《ちからわざ》でなんとかしてしまえた。

　そんなこんなで、その日のうちに私たちは結婚証明書を提出し、私はシリルが急遽《きゅうきょ》購入したという大きな邸《やしき》の中に三日後には立っていた。

　邸を取り仕切る女主人として必要だろうと、用意してもらった執務室は、広くて重厚な雰囲気で立派なものだった。

　邸の通用口から玄関を見渡せる大きな窓を除いて壁には本棚が備え付けられ、そこに並べられていた本の背表紙には経理や領地での税に関するものなど、私のこれからの仕事に有用そうな題名が書かれていた。

　話が早すぎるわ……シリルは必要に迫られて、だけど……でも、私の気持ちがなかなかついていかない。

「……どう？　この邸は急遽用意したんだけど、良かったら女主人になるフィオナの好きなように改装してくれ。もし、気に入らないなら、建て替えても構わないよ。そのための費用なら、気にしなくても良い」

　邸へと共に入ったシリルは私と出会ってからの数日間、結婚のために昼夜走り回っていたはずなんだけど、疲労した様子など感じさせない涼しい表情をしてそう言った。

「いえ。十分ですわ……とても、素敵で……」

　シリルが魔王討伐で賜った報酬で購入した広い敷地を持つ邸は、私が今まで住んでいたノワール伯爵邸よりも段違いに格上だった。

　文句のつけようなんて、何もないくらい。私がこんなに素敵な邸に住めるなんて、信じられない。

「俺の事情で、先に籍を入れることになってしまったけど、結婚式はゆっくり準備してから半年後くらいにしよう。フィオナのドレスだって、前もって注文しておかないといけないから……」

「あのっ……私。結婚式なんて、大丈夫です」

　もし、彼と豪華な結婚式をすれば、お父様の仕事関係や親戚周り……私の友人たちも、呼ばなければいけなくなる。

　そうなると、皆、口に出さなくても思ってしまうはずだ。

　なぜ、あんなにも素敵な勇者の隣に、なんの長所もなさそうな子が居るのだと。

「……え？　それはどうしてだか、わけを聞いても？」

　私が結婚式に対し否定的な意見を口にしたことに、シリルは不思議そうだ。

すべての女の子は結婚式に憧れを抱いていると、シリルはそう思っているのかもしれない。

私だって……自分の立ち位置を思い知るまでは、確かにそうだった。

「あの……私。人前で注目されるのが、あんまり好きではなくて……」

私が背の高い彼を見上げて、子どもっぽいワガママな意見を言うと、シリルは穏やかで優しい眼差《まなざ》しを向けてくれた。

きっと、外見だけではなく中身だって素晴らしい、とても優しい人なのだ。

こんな私には、本当に勿体《もったい》ないくらいに。

「そうか……では、式は二人きりでしようか。お互いに気心の知れた友人だけを招待しても良いし……そんなに憂鬱そうな表情なんて、しなくても良い。俺は元々の貴族ではないから、少々の奇行は許してもらえるさ。世界だって救ってるし」

そう言ってもらえて安心して私がホッと大きく息をついたので、シリルはやはり不思議そうに首を傾げた。

「……ああ。アーサー来たのか。フィオナ。こちらが、ロッソ邸を取り仕切る君の助けになってくれる執事のアーサーだ。俺が信頼している将軍からの紹介で引き抜いた優秀な執事だから、なんでも相談してくれ」

不甲斐《ふがい》ない自分が情けなくて、顔を俯《うつむ》けていた私に、シリルがためらいがちに声をかけた。

コツコツと硬質な足音が聞こえてきたので、顔を上げれば、そこには執事服をきっちりと着こなした初老の男性が居て、私へと微笑み、会釈をした。

上品な灰色の髪に、はしばみ色の瞳。片眼鏡をかけて、着用している執事服は伝統的で上品なものだった。柔らかで理知的な物腰は、優秀な執事だと紹介されてなんの違和感も抱かない。

「お初にお目にかかります。奥様。どうぞ、アーサーとお呼びください」

「よろしくね。アーサー……私はロッソ公爵シリルの妻、フィオナです」

私は初めて挨拶する使用人に普通の対応をしたはずなんだけど、シリルはなぜか照れたようにして微笑んだ。

「旦那様。奥様とお話をされているところに、申し訳ありません。先ほど城からの使者が参りました」

どうやら、執事アーサーが女主人として用意された執務室まで来たのは、それを伝えたかったからのようだ。

「……陛下からですか？」

今では公爵位も持つ勇者シリルを、呼びつける権限を持つ人は少ないだろうと思って私が聞けば、シリルは軽く頷いた。

「ああ。俺たち二人の結婚が既成事実となってから、ルーンに陛下へと伝えるように頼んでいたから、ちょうど良いタイミングだった……それではアーサー。俺はすぐに登城するから、フィオナをよろしく頼む」

シリルは私に微笑んでから、迎えにとよこされていた馬車へ乗り込んでいった。

「奥様……早速ですが、空き部屋の家具の選定をお願いしたいと思います」

アーサーが机の上に置かれていた分厚い本を取った。何かと思ったら、貴族御用達な高級家具店の見本誌だったらしい。

「あっ……そうよね。この邸は買い取ったばかりだから……家具を選ばなくては」

　貴族の家には主人や女主人の部屋、応接室に食堂、そして来客用の部屋に至るまで統一感のある室内装飾を選び、それから各部屋の用途を決めて調《ととの》えていくのだ。

　ここは立派なお邸だけど、まだ前の持ち主が出ていった時のままの状態なので、壁紙にも煤《すす》けた汚れがちらほらと見える。

　贅沢《ぜいたく》な装飾品で家を飾り細部にまでこだわるのが当然な貴族社会で、誰かがこうした汚れを目にすれば当主のシリルが侮《あなど》られてしまうかもしれない。壁紙の張り替えは、急務のようだ。

「現在の装飾は、いかがいたしましょうか。すべて取り払えば、お若い奥様のご趣味にも合わせられるでしょう」

　邸の主人であるシリルにも「私の好みに合わせるように」と厳命されているのか、アーサーは自分の提案を述べず、私の意向をまず最初に聞いてきた。

　ロッソ公爵家当主、シリルの意向を第一に。優秀な執事という触れ込みは、確かにその通りのようだった。

　けれど、急遽購入したという歴史ある邸は見るからに伝統的で、私のような若い感性で選ぶより、ここは彼の勧めに従った方が無難なようだ。

　そう思った私はこの邸のように、歴史があり伝統ある意匠を好みそうなアーサーに意見を聞くことにした。

「……いいえ。外から見た印象と内部の印象がかけ離れていれば、それはそれで良くないわ。アーサーはどれが良いと思う？」

「私は今ある装飾をできる限り活《い》かし、必要があれば徐々に改装していくことをお勧めします。雇い入れの際にお話を聞いたところ、旦那様が軍部でのお仕事をお受けになり、何かあれば旦那様の上司や部下の方々をこちらに迎え入れることが予想されます。長期にわたる改装は、あまり良くないかと」

　確かにシリルの仕事に関わる方を迎え入れる可能性があるのなら、すぐに邸を調え使えた方が良いだろう。

　筋の通ったアーサーの意見を聞いて、私は頷いた。

「では、そうしましょう。それでは、頼む家具はこちらのデザインはどうかしら？　私はあまり装飾があるものが好きではないし、使用人の掃除が煩雑になることは避けたいわ。あと、季節ごとにカーテンやテーブルクロスなどの布製品は、色や柄を替えて楽しみたいです」

「家具に関しては、承知しました。奥様。そのように致しましょう……では、全部屋それでよろしいですか？」

　この邸の部屋数は、相当多い。使用人部屋を除いたとしても、百はくだらないだろう。だから、アーサーは使える部屋だけにするか、全部屋統一して家具を購入するかを確認してきたのだ。

「ええ。旦那様のお仕事を考えれば、大人数の来客も予想されます。その時に使える部屋が足りないとなれば、恥をかくのは旦那様。多くの部屋があって大変かと思いますが、家具を揃《そろ》えで購入し、使わない部屋では布をかけておくように」

「……かしこまりました。それでは、店にある在庫をすべて購入することと、商品が入荷する都度持って来てもらうように、店には伝えておきます」

アーサーは見本誌を抱えたまま、美しい礼をして微笑んだ。

ノワール伯爵家を切り盛りするお母様の真似《まね》をしただけなのに、なんだか緊張してしまった。

けれど、初めての女主人としての采配は、どうやらアーサーから合格点を貰えたみたい。

「ありがとう……あ。庭はどうしようかしら？　庭師は手配してくれた？」

シリルが購入する前は放ったらかしになっていた期間が長かったらしく、庭は荒れ放題だ。けれど、庭師を雇って手入れしてもらえば、美しい庭へとすぐに生まれ変わるだろう。

「ええ。ただいま書類審査中です。奥様は、何か好まれる花はございますか？」

「そうね……どうしようかしら？　アーサーは何か好きな花はある？」

「執事の好きな花などで、よろしいのですか？」

私の質問に、アーサーは意味ありげに微笑んだ。

単にアーサーの好きな花はなんだろうと、何気なく思っただけなんだけど……いけない。

お母様からも、使用人との距離はどんなに親しくなっても適切に、しっかりと線を引きなさいって口を酸っぱくして言われていたのに、これでは彼を逆に困惑させてしまったかもしれない。

「ええ。これからロッソ邸で勤めてもらうための、先んじての報酬よ。いけない？」

余裕ある女主人らしく、内心の動揺を隠して私がつんと澄まして言えば、アーサーはまた優雅に礼をしてから微笑んだ。

「それはそれは……使用人の身には、大変光栄なことです。奥様。私の好きな花はダリアです。亡くなった妻が好きだったので……元は花に興味はありませんでしたが、あれだけは、特別に思えるようになりました」

「まあ……そうなのね。わかりました。それでは、玄関前にはダリアの花壇を造らせましょう。可愛らしくて、私も好きだわ。色は何が好きなの？」

「何色でも。妻は何色でも喜んでいましたので、奥様」

窓の外を見るアーサーのいつしむような眼差しを見て、彼がどれだけ亡くなった奥様を愛していたのかが、それだけで知れるようだった。

「そう……それでは、そのように指示をしておいて。あとは、ロッソ家の財政状況に関する資料があれば、見せてもらいたいんだけど……」

現状把握が必要よねと部屋をきょろきょろと見渡せば、手に持っていた見本誌に印を付けていたアーサーがにっこりと微笑んで、戸棚に置かれていた分厚い書類を私の前へと置いた。

◇◆◇

シリルが用意してくれた新居にやってきた日、私は自分の寝室で深夜まで眠れなかった。

別に枕が変わったからとか新生活に興奮して目が冴《さ》えて、眠れなかったからだけではない。

通常、誰かと結婚するといったら、そういった肉体関係だって込みであることが前提だと考えると思う。

シリルとよくわからない流れで結婚する私だって、当たり前のようにそう思っていた。

けれど、夫になったシリルはその晩、私の寝室の戸を叩《たた》くことはなかった。

待ち疲れてしまった私は、いつの間にか倒れ込みベッドの上で寝てしまっていた。

朝食の時間だと新しく雇ったメイドに起こされ、準備をして食卓に着けばシリルは既に朝食を食べていて、私を見てにこっと明るく微笑んだ。

「おはよう。フィオナ。よく眠れた？」

いいえ。夫になった貴方《あなた》を起きて待っていなければと思っていたので、全く。

どうして、来てくれなかったの？　なんて、面と向かって聞けるはずもなく私は力なく微笑んだ。

「おはようございます。シリル……あ。その服は」

私はシリルが着ているきっちりとした服を見て、いよいよ軍での仕事を始めるのだと悟った。

勇者シリルは元々冒険者をしていた庶民で、神殿からの宣託を受けて魔王討伐を果たした。

そして、今や公爵位を持ってはいるけど気軽な冒険者の格好を好むのか、現在着用しているような堅苦しい貴族服を着ているのを見ることは少ない。

どちらにしても、シリルは夜だとしても辺りの闇を払うくらいにまばゆく、姿形が良い。

聖女の求婚から逃げたいという経緯さえなければ、上手くやれるはずもない私なんて彼と話したい令嬢の順番待ちの列に押されて、口を利《き》くことすらできていなかったはずだ。

「あ。うん……晴れてベアトリスから完全に逃げきり大成功だから、俺もそろそろ自分の役目とか果たそうかなって」

百年周期で現れる魔王が居れば、そのたびにそれを打ち倒す勇者も現れる。

そして、見事シリルは、勇者としての使命を既に果たしていた。

魔王討伐を成功させた勇者は、王女と結婚したり、聖女と結婚したり、一国の重鎮となったり……世界の救世主として、華々しい道を歩み出すことになるはず。

シリルはそういう華やかな身分を望んでいない欲の薄そうな様子だったけれど、私と形ばかりの結婚をして聖女ベアトリス・ヴィオレに結婚するよう迫られることもこれでなくなった。

いよいよ、勇者という成功者としての道を歩み出すことにしたらしい。

……だから、結婚相手はシリルにとって、誰でも良かったんだわ。私でなくても。別に誰でも。

「……そうなんですか」

「うん。フィオナはどうする？　俺は今日は日中出かけるけど、君は何か予定があるの？」

いきなり沈んだ様子の私を気遣うように、優しい夫シリルは語りかけた。

「あ。そうなんです。お伝えしなきゃって思ってて……今夜は友人に会うために、夜会に行こうと思っていて……」

突然、シリルと結婚することになってしまった私の元には、友人たちから何があったのかを問う手紙が何通も届いていた。

もちろん。幼《おさな》馴《な》染《じ》みで親友、ジャスティナからも。

ただ、シリルの本来の目的とかお父様の思惑とか色々と理由があって、新聞での公示をまだしていない。

だから、手紙の中で求婚者と出会いすぐに結婚したという噂のある私が、誰と結婚したかは全く知らない様子だった。

詳細な事情を全員に手紙で知らせるのも大変だし、ちょうど城で大きな夜会があるので、そこで会ってから説明しようと考えていたのだ。

「そうか。では、俺がエスコートしよう。フィオナはもう既婚者なのだから、エスコートは必要だろう」

「え……ええ。ですが」

どう言って良いかわからない私は、とても失礼ながら、いかにも自由人のようなシリルが貴族としての私の立場を心配する言葉をかけてくれたことに驚いてしまった。

シリルは元々庶民の勇者なのだし、そういう貴族の常識が欠けていたとしても、なんの不思議もないと思っていたからだ。

黙り込んだ私が戸惑っていることが伝わったのか、シリルは安心させるように言葉を重ねた。

「新婚の妻が一人で夜会などに行けば、もしかしたら良い機会だと誤解して、良からぬ奴《やつ》が寄ってこないとも限らないから。俺が心配なんだよ。一緒に行こう」

「……そんな、私になんて」

いつもジャスティナの引き立て役だった自覚のある私に、声をかけてくる人なんて居るはずもないのに。

夜会に出たことのないシリルは……何も、知らないから。

「……？　フィオナは、自分がわかっていない。新婚早々に可愛い妻を一人きりにする夫と結婚したと思われれば、火遊びにちょうど良い相手だと良からぬ輩《やから》はそう思うだろう」

新婚早々の夫とは、何もない偽装結婚で白い結婚のままで終わってしまうはずだもの。

なんの問題もないのではないかしら。

「……シリルは、嫌ではないですか？」

「何を嫌だと思うんだ？　俺がこれまであいった場所に行かなかったのは、人の集まる場所に行けば、すぐにベアトリスがやってくることが嫌だったからだ。可愛い妻を伴えば、逆に彼女も近づいてこられないだろう」

妻の私が居ればベアトリス様は、彼に近づいてこない。

そうだったわ。

「そうですね……ええ。それでは、私は夜会の準備をしてお帰りをお待ちしております」

彼が共に行こうといった理由に納得したつもりで微笑んだけれど、ぎこちない笑顔であったことは仕方ない。

けれど、こんな地味でとりたてて良いところもない私が勇者シリルと結婚できたのは、彼が嫌がっているベアトリス様が私と居れば近づいてこないから。

ただ、それだけ。

「ああ。そうしてくれ。なるべく城から、早く帰るようにするよ。前々から軍の戦闘顧問の仕事を、将軍から依頼されていたんだ。恩のある彼からの申し出を受けることがようやくできたから、仕事らしい仕事ができるよ」

「なかなか適任者の居ない、素晴らしいお仕事ですわ。とても、素敵です」

私がそう言えば、彼はパッと顔を明るくして嬉しそうに笑った。

「……そうか！　フィオナがそう思ってくれるなら、受けて良かったよ。ところで、貴族の女性が夜会へと出席するための準備は、朝から何時間もかかるって本当なのか？」

可愛い質問に微笑んだ私は、この前に叙爵されたばかりで貴族の常識を知らないシリルへ、夜会出席前の準備の流れについて説明をした。

◇◆◇

私たちロッソ公爵夫妻の名前が読み上げられる声が聞こえて、夜会の会場へと入れば、噂の人物が登場かと、一斉にこちらへと視線が集まった。

会場中から多くの痛いくらいの視線が集まるのを感じて、自然と手が震えた。

初めて今代《こんだい》勇者シリル・ロッソが、こうして公の場に姿を現すのだ。

人が集まる場所で注目の的になることは、避けられない。

私たち二人は周囲から、どう思われている？

華やかな勇者の隣に居るのが、地味で特筆すべきところのない女性で、とても不釣り合いだと？

ああ。こうなることは、わかっていたはずなのに。

「……フィオナ？　どうした？　顔色が悪い」

エスコートするために持っていた手を握っていた力が強くなって、私ははっと我に返った。

すぐ隣には、シリルの整った顔。心配そうに、表情は歪《ゆが》んでいた。

いけない。これは、彼にはなんの責任も……関係もないことなのに。私だけの問題なのに。

「いいえ。大丈夫です。ごめんなさい。考えごとをしていました」

私が小さな声で呟《つぶや》けば、ほっと安心した様子でシリルは微笑んだ。

「そうか。だが、冷たい飲み物でも貰ってこよう。君はここに居て、すぐに戻るから」

そう言ってからシリルは周囲に集まる貴族たちの間をすり抜けて、歩いていった。

何を今更と思われそうだけど、私の夫は本当に何をしても絵になる人だ。

ただ歩いているだけの後ろ姿だとしても、目を引いてしまう存在。

とはいえ、シリルは必要があって私と結婚しただけだし、愛まで望んでしまえばすべてを失うことになりかねない。

そんな私は自分の立場を、客観的に見るべきだわ。

「フィオナ……！　フィオナ！　あれは、勇者様？　本当に驚いたわ。私、何度も家に行ったのよ。けど、貴女《あなた》はいつも外出していて、会うことができなかったの！」

ああ。そうだった。私はこの夜会にやってきた理由を思い出した。

駆け寄ってきた彼女に、勇者と結婚することになったと説明をしなければ。

だって、私たち……幼馴染みで、ずっと仲の良い親友なんだもの。

「ええ。心配をかけてごめんなさい。ジャスティナ。突然決まったことで、説明する余裕が全くなかったのよ」

　そうして、私はいつものように、とても良く出来た仮面を被る。これは、長年使ってきただけあって、そうそうのことで壊れはしない。

　ジャスティナの美しさや聡明《そうめい》さにただ心酔しているだけの友人、引き立て役の仮面をね。

「……フィオナ。あれは、勇者シリル・ロッソでしょう？　貴女が特例を受けてとある高位貴族と既に結婚したと聞いていたけど、もしかして」

　ジャスティナはさっき『ロッソ公爵夫妻』と名前を呼ばれた私が、シリルと結婚したとわかりつつ、私の口からそれを確認したいようだった。

　それはそうだろう。きっと、私に先を越されるなんて、信じられないに違いない。

　自分よりずっとずっと後に結婚すると思っていた幼馴染みの私が、こうして先に結婚し、しかもその相手が世界を救った勇者で公爵位だって持っている。

　冗談だろうと思ってしまってもおかしくないくらいに、素晴らしい結婚相手なのだから。

「……ええ。そうなの。本当に急に決まったことだから……知らせてなくて、ごめんなさい」

　シリルからは、元々恋仲だったけれど、色々あってこの時期に結婚することになったことにしようとは、前もって言われていた。

　私たちが出会った初日に結婚を決めたのは、聖女ベアトリス様から逃げる言い訳でしたなんて、誰にも絶対に言えない。

『彼が急募していた結婚相手に、私が応募した』と真実を話したところで、冗談でしょうと笑われてしまいそうだけど、それは真実なのだから、仕方ない。

けれど、親友のジャスティナに、嘘をつくことはためらわれた。

だって、彼女は本当に姿もそうだけど、心まで美しい人だもの。

決して裏切りたくは、なかった。

「まあ……そうなの。けれど、フィオナ。とっても羨ましいわ。実は私、偶然城で勇者シリル様をお見かけたことがあって……それからずっと彼のファンだったの。だけど、貴女も色々事情があって、隠していたんでしょう？」

「えっ……ええ。そうなの。もしかして、ジャスティナは、シリルのことを前から知っていたの？」

私は恥じらい頬を染めてシリルのことを話すジャスティナに、驚きを隠せなかった。

だって、私がエミリオ様に憧れていると伝えた時も、ジャスティナは「今は誰も男性として気になっている人はいない」と言っていたのに。

「呼び捨てなのね……いいえ。そうよね。貴女は彼の妻なのだから、名前を呼び捨てにするのだって、当たり前だわ。良いわね。本当にシリル様は、素敵ですもの」

心から羨ましそうに語るジャスティナを見て、私は心の中にもやもやした感情が湧き上がるのを止められなかった。

貴女とエミリオ様が、人目につかないように隠れて楽しそうに話している時に私が感じたくらいには……ショックを受けてくれたかしら？

「……フィオナ？　こちらは？」

私の頭の上から不意に声がして、ハッと上を向けばすぐ近くにシリルの整った顔があったので、慌ててその場から体を引こうとした。

「きゃっ」

「危ない。気をつけて」

突然の動きについていけなかった高いヒールの踵《かかと》によろけそうになった私を、シリルはなんのためらいもなく体を寄せて、こともなげに支えてくれた。

触れた場所からシリルの体の熱を感じて、私の顔にはカアっと熱が集まった。

「ありがとう。シリル」

「どういたしまして。はい。冷たい飲み物。どうしたの？」

順番通りに夫の役目を果たしていくようなシリルは、私に冷たい果実水が入ったグラスを渡してくれた。

「ごめんなさい。慌てて、びっくりしてしまったの。シリル……こちらは、私の幼馴染みで親友のジャスティナ・エリュロトンよ」

何気なくシリルが、隣に居たジャスティナへと目を移す。私は勝手に、美しい彼女を見た彼が驚くのではないかと想像していた。

ジャスティナを初めて見た男性は、大抵そうするから。

「初めまして。エリュロトン伯爵令嬢ですね。僕は魔王討伐を成功させた勇者として、公爵位を賜ったシリル・ロッソです。どうぞ、よろしくお願いします」

「こちらこそ！　シリル様。私は前から、勇者様のファンだったんです。こうしてお会いできて本当に光栄です」

「それは、ありがとう。妻フィオナの仲の良い友人が、僕のように生まれながらの高貴な血も持たない新興貴族に好意的な方だと、とても助かります」

明るく感じの良いシリルは妻の友人であるジャスティナに、私の両親に接した時と同じように、この場に応じた必要な挨拶を礼儀正しく淡々とこなした。

その時に、私は思った。

勇者シリルは、普通の男性ではない。美しいジャスティナを前にしても、全く心を動かさないのだから。

だって、ジャスティナを前にした年頃の男性たちは、みな好意的に見てもらおうと必死になっていた。そんな光景を、それこそ数えきれないくらい私は隣で見てきたもの。

その時、夜会の主催である国王が現れる先触れの音がして、ジャスティナは「また後でね」と名残惜しそうにしながらも彼女の兄の元へと去っていった。

「……あの、シリル」

「ん？　何？　あ。せっかく持ってきたから、冷たい飲み物飲んでね」

私はシリルがわざわざ取りにいってくれた冷たい果実水を、グラスをただ持ったままで飲んでいないことに気がついた。

こくりと喉を鳴らして飲むと、それを取りにいってくれた彼は満足そうに頷いた。

「どう？　フィオナ。少しは気分が良くなった？」

彼は空になったグラスを取ると、ちょうど通りかかった給仕係が持つ丸いトレイへと置いて返していた。

「何も……思わなかったの？」

あの、美しい親友ジャスティナを見ても、何も？

「何が？」

私が何を言わんとしているのか、よくわからないという表情をしたシリルは本当に不思議そうだ。

現れた国王が口上を始めたので、聞こえづらいと思った彼は顔を近づけて首を傾げている。

「あの、私のし……」

「シリル!!」

いきなりヒステリックな大きな声が聞こえて、とても驚いた。

だって、今は国王が話している最中なのに、こんな傍若無人なことができるなんて考えられない。

不敬罪で刑罰を受けても仕方ないくらいの無作法だった……犯人は、一体誰なの。

名前を呼ばれた当の本人であるシリルが、感じの良い笑顔のままで小さく舌打ちしたのが聞こえた。

「やあ、ベアトリス。とても久しぶり。元気にしてた？　相変わらず美しいね」

シリルは今まで見たことのない嘘くさい笑顔を浮かべて私の肩を抱き、私たち二人の前に立っている女性へと声をかけた。

ああ。これが、例の聖女ベアトリス・ヴィオレ。彼女は聞きしに勝る、美しさを持つ聖女だった。

まるで金属でできた滝を思わせる豪奢《ごうしゃ》な金髪は見事に巻かれ、意志の強そうな赤い目が印象的だった。

こんな女神のような女性から迫られていたのに逃げていたなら、ジャスティナを見てもなんとも思わないはずだと、妙に納得してしまった。

「シリル。つい数日前。結婚、したんですって？」

「うん。そうなんだ。ベアトリスは流石に耳が早いね。前々から交際していた、こちらのフィオナと。何か問題でも？」

ルーンさんから陛下へ、陛下からベアトリス様へと伝えられたことを知りつつ、シリルは飄々《ひょうひょう》として言ってのけた。

それを見て、聖女様はますます怒りを深めたようだ。

「うちのお父様と犬猿な仲なノワール伯爵の、娘ですって⁉　もしかして、偽装結婚じゃないでしょうね⁉」

キッと目を光らせて険悪な眼差しで睨《にら》みつける彼女に、嘘に慣れない私はドキッとして体全体で緊張してしまった。

ベアトリス様の推測は、完全に的を射ている。

彼女にだって、シリルに嫌がられ逃げ回られていたという自覚があるのだろう。

それならばキッパリと諦めるというのも、難しいのかもしれない。

生まれた時から聖女として大事に育てられてきた彼女には、思い通りにならないことが、本当に少なそうだから。

「そんなはずないじゃないか。俺は妻のフィオナを心から愛している。だから、結婚した。そして、こうして夜会にだって一緒にやってきたんだ……何か問題でも？」

　こちらを見たシリルは私の手を取り、まるで「大丈夫だ」と言わんばかりに大きな手で握った。

「その結婚が私を黙らせるための嘘ではないという、証拠はあるの？」

　ベアトリス様は疑わしげで、不満いっぱいの様子だ。

　国を守る聖女という尊い立場を振りかざせば、守るべき国民を人質に取られたともいえる王様でさえ、自分の言いなりになるはず。

　なのに、本当に欲しい勇者シリルは、既に私と結婚してしまっているから。

「では、どう説明すれば、納得する？」

「……ここで、キスでもしてみてよ。できるのならばね」

　いまだかつてキスなんて一度もしたことのない私は、その言葉が信じられなかった。

　結婚式だってしていないから、誓いのキスのふりさえもしていないのに。

　だから、私は夫のシリルが、聖女の横暴な要求にすぐさまにっこり微笑み応えたことに信じられなかった。

「そんなことで良いの？」

　シリルは私の顎に手をかけて上向かせ、ためらうことなくくちびるを寄せた。

私は驚きに目を見開いたままだったけど、シリルは目を閉じていた。

なぜかやけにはっきりと彼の長いまつ毛が見えて、柔らかなものがくちびるに触れた。

何度か角度を変えて熱いくちびるが触れたと思う。夢の中のような、不思議な感覚だった。

「もうやめなさいって、言っているのが……聞こえないの!!」

急に悲鳴のような高い声が耳に入り、シリルがパッと離れた。

「……ベアトリス。子どもじみた癇癪《かんしゃく》を起こすのも、もういい加減にしてくれ。俺はもう既婚者なんだから、君のわがままに付き合うのは、これでおしまいだよ。俺がこれから一番に大事にする女性は、妻フィオナだ。君じゃない」

「もうっ！　信じられないっ……！」

そして、聖女ベアトリス・ヴィオレは足音も高らかに、会場を後にしていった。

「……シリル？」

私の顔は多分真っ赤になってるし、頭の中は混乱していた。

だって、初めてのキスが、こんなたくさんの人に見られながらになると思ったこともなくて。

けれど、周囲に居た人がどう思うかなんて、どうでも良かった。

そもそも、シリルが私にキスしてくれるなんて、思っていなかった。

「ん？　あ。フィオナ。勝手にキスして、ごめんごめん。俺たち夫婦だし、どうせいずれするし、良いよね？」

シリルは耳元でそう小声で囁《ささや》くと、にっこりと微笑んだ。

　嵐のような聖女様が去ってしまってから、余計な一言が災いの元と知る貴族らしく、全員が彼女が誰で何をしたかについては綺麗《きれい》に口をつぐみ、何事もなかったかのようにダンスの音楽は鳴り始め夜会は続いた。

　何をどう説明して良いのかわからないけど、普段はそうも思わないシャンデリアが一際《ひときわ》キラキラと輝いて見えていた。キスをした後には、人は世界が美しく見えるのかもしれない。

　そろそろ帰宅の時間になり、私とシリルはロッソ公爵家として用意した、家紋入りの真新しい馬車へと乗り込んだ。

　やがて、走り出した馬車の音。

　流れる景色が映る窓も、何もかも現実感をもって目に入らなかった。

　きっと、原因は先ほど受けた大きすぎる衝撃によって。

　ふわふわとした、雲の上に居るような浮遊感に似た感情に私は支配されていた。

「ごめんね。フィオナ……ベアトリスはいつもあんな感じでね。君は彼女を見るのが初めてだったから、とても驚いたよね」

　私の隣の席に座ったシリルは、すまなそうに謝ってくれた。

「う、ううん！　あれは、シリルが謝ることではないから……けれど、シリルとルーンさんが本当に大変だっただろうというのは、会っただけで伝わってきました」

　あの彼女と一年半も旅をしたと聞けば、首を横に振って困った顔をしたシリルを見た私と同じような感想を抱く人は、たくさん居るはずだ。

だって、こう言っては失礼かもしれないけど、まず遠慮という言葉の概念を知らなそうだもの。

「……うん。そうだよね。ベアトリスに会えば、驚く人は多いよ。けど、あの子もある意味では、可《か》哀想《わいそう》なのかもしれない。あまりに多くの人からなんの苦労もなく大事にされすぎたために、誰かの意向を大事にするということを知らないんだ。愛されるための努力なんて、彼女には必要のないものだったからね」

「そうですね……もし、シリルに愛されようと思えば、もっと違う方法を選ぶ方が良さそうですね」

「……そうだね。けど、俺はフィオナになら、わがままを言われたいけどね」

甘く微笑んだシリルがそう言ったので、私は何度か自分に言い聞かせなければならなかった。

『この人は聖女様の件が解決したら、別れないといけない仮の夫なのよ』と。

「えっと！　あの、私。その……アーサーと相談して邸に置く家具の揃えを、決めました。きっと、シリルにも気に入ってもらえると思います。シリルの寝室は、どうしますか？　私が決めてしまっても良いですか？」

ロッソ公爵邸となるわけだから、主人のシリルの意向がすべてに優先される。

だから、慣れない甘い空気に慌てた私は、これは確認しなきゃと思っていたことを咄嗟《とっさ》に口にしていた。けれど、いきなり家のことを持ちだしたせいか、シリルはポカンとしてから面白そうに笑った。

「そうだね。構わないよ。何もかも、君の好きにして良い。フィオナが居心地の良いように選んでくれ」

「え……良いんですか？」

私とは〈白い結婚〉で、すぐに別れてしまうのに？

「うん。フィオナは、本当にセンスが良いからね。いつも着ているドレスだって可愛いし、自分の似合うものがよくわかってるよね」

「あ。ありがとう。シリル」

なんだ。可愛いのはドレスなんだ。彼が褒めてくれたのは私じゃなかった。

私の母であるノワール伯爵夫人セリーヌは、いろんな人からセンスが良いと褒められる。

だから、幼い頃からそれを見ていた私が、彼からセンス良く思われるのも当然で……。

「うん？　とにかくフィオナの好きにして良いよ。ごめんね。色々あって疲れたよね。今日は早く休むと良いよ。ね？」

　褒められたはずの私の反応が思っていたものではなかったらしく首を傾げたシリルは、優しく微笑んで座面に置いてあった私の手に自分の手を重ねた。

第二章　誤解

「……へー。なんか、心配して損した。幸せそうで、何よりだわ」

目の前にルーンさんが居るのに、昨夜の出来事を思い返して反芻《はんすう》していた私は慌てて自分の前に置かれたカップを取りお茶を飲んだ。

いけない、いけない。生まれて初めてのキスをしたからって、おかしくなりすぎだわ。

今日はシリルは仕事で城へと出かけていて、ルーンさんは自分が言い出した看板の件で結婚することになった二人のその後に責任を感じて、わざわざ私の様子を見にきてくれたらしい。

「あの……ルーンさん。結婚するんだから、いずれキスをするって、どういうことだと思います？」

「……いや、言葉通りの意味だろ？　むしろ、その他にどういう意味だと思ったんだ？」

微妙な表情になっているルーンさんは、私の何が言いたいかわかりにくい質問の意図をはかりかねているようだ。

私だって異性に対し、こんなことを聞くのは恥ずかしいけど、彼しか私とシリルの結婚の事情を知らないので、これはもう仕方ない。

ジャスティナにシリルとは偽装結婚であると話すわけには、いかないのだもの。

「えっと……そうです。昨日夜会で、シリルにキスされたんですけど……」

私の話を聞いてルーンさんは、眉間の皺《しわ》をますます濃くした。

「……うん。そりゃ、するんじゃない？　あんたたち、夫婦なんだし。人前でキスすんのは、気分を害する人も多いし、気をつけた方が良いと思うけど……まあ、お熱い新婚だから許されるのかね。けど、夜会に行けるなんて、よく足腰立ったね。昨日から、フィオナはここに住み出したんだろ？」

「……？　夜会には、行けます。あの……私の言葉が足りませんでした。その時にシリルに夫婦なんだから、いずれキスをするって言われたんですけど……」

「いや、それはそうじゃないの？　キスくらい何度もしてるだろ。あんたら、夫婦なんだし」

あ。ルーンさんが一体私が何を言おうとしているのかがわからないといった表情をしてる意味がわかった。

ルーンさんは結婚した私たちが、既に同じベッドで夜を過ごしたと、そう思っているんだ。

「いえ。その……私たち、実はまだ夜を過ごしてないんです……けど、夜会でベアトリス様に言われて、流れでキスをすることになって、その後に夫婦なんだからいずれするから良いよねって言われたんです」

「ベアトリスが？　あいつ。本当に……シリルが結婚したと聞いて、見境なしの行動になってるな……あいつは、もう良いか。うん。それで？」

話を先へと促したルーンさんは、真剣な眼差《まなざ》しだ。私の緊張感が、彼にもうつったのかもしれない。

「……あのっ……いずれするのに、今キスをしないのは、なぜだと思いますか？　私たち、すでに夫婦ですよね？」

「そうだな。多分……理由は、結婚式じゃね？」

ルーンさんがこともなげに言った言葉を聞いて、私は口を押さえた。そうか。結婚式では誓いのキスがあることを、忘れてた。

「あ。確かにそうですね」

彼の言葉に納得した私が頷《うなず》くと、ルーンさんは軽く息をついてから微笑《ほほえ》んだ。

「そうそう。良かったじゃん。すごく大事にされててさ。同じ家の隣の部屋に住んでて、我慢するって、なかなかできないよ」

確かに、そうよね。肉体関係のない〈白い結婚〉にしておけば、お互いに何事もなかったかのように別れられるから……お飾りの妻として、大事にされているんだわ。

そうすれば、私だって、他の貴族に嫁ぐことができるし。

「ええ。本当に……シリルは私には、勿体《もったい》ないくらいの方です」

「いやいや、そんなことないよ。シリルだって、あんな顔をしてるけど寝相悪いしさ。それに、勇者だなんだって、後付けの役職だから。俺らも英雄として国民の夢を壊さないように振る舞うようにって、報酬貰《もら》う前に言われてるからね。王様から」

「……そうなんですか？」

私はルーンさんに、勇者様ご一行のその後の裏側を聞いて驚いた。

確かに勇者様ご一行は、私たちにとっては夢物語に出てくるような存在だけど……そんな彼らには、冒険を終えた後でも知られざる役割があるなんて。

「まーね。ベアトリスなんて、そんなのマル無視な暴走して、最悪の結果になってるけど……あいつ居ないと、国を守る結界が維持できないしさー……若い王様は俺に泣きつくし、最悪だよ。魔塔所属も、研究費用が無料《ただ》になるくらいしか利点がないし……呼び出されるのも、もううんざりだし。そろそろ魔塔出ようかな」

聖女ベアトリス様の横暴を目《ま》の当たりにした私は、ルーンさんの言葉になるほどと頷いた。

ベアトリス様は結界に必要な聖女だから、カルデラ王国になくてはならない存在だからと、今までわがままが許されてきた。

だから、あそこまで彼女は強気な態度だったのだと。

「あ。ルーンさんが、この前に酒場に居たのって……」

「そうそう。俺が王様に言われてあいつを捜したら、ちょうどこっちに帰ってきていたシリルを見つけたんだよ。長年の悩みの種だったベアトリスから、ようやく逃げられたと思って、悠々自適な生活してたから……本当に、ショックだったみたいよ」

ルーンさんはお茶を飲みながら、遠い目をして大きな窓を見た。

だから、お酒も入っていたシリルは、ヤケになってあんなことを……。

「ベアトリス様って、シリルが嫌がっても……結婚したいんでしょうか？」

もし、私だったら嫌われていると自覚しつつ、その男性と夫婦関係を作ることなんてできそうもない。

だって、同じ家で生活していくことになるのに。

「さーね……ベアトリスにとってみれば、見た目の良い人形くらいの感じなんじゃない？　シリルだって冒険の間は、必要あってあいつのご機嫌取るしかできなかったし……もう関係ないから、はっきりお前のことが嫌いだから近づくなと言えばいいのに、言わないんだよなあ」

私もルーンさんにつられて窓を見ていたら、表門から馬車が入ってきたのが見えた。

シリルが仕事から、帰ってきたんだ。

「シリルは女の子を、傷つけたくないんですかね……？」

私がそう聞けばルーンさんは、大きなため息をひとつこぼしてから言った。

「そうかもね。けど、ベアトリスがあそこまで増長したのは、あいつのせいでもあるんだから、はっきり断って言いたいこと言えば良いとは思うけどね」

◇◆◇

ルーンさんは彼も言っていた通りに、巻き込まれてしまった私の様子が気になっていただけだったらしい。

戻ってきたシリルと何か話すこともなく、すぐに帰っていった。

「フィオナ。君はヴェルデ侯爵令息を、知っている？」

夕食を食べるために食堂へ下りると、登城用の堅苦しい服から着替えたシリルから、唐突な質問をされて驚いた。

現ヴェルデ侯爵家の子息は、エミリオ様の一人だけ。

だから、それは私が以前に憧れていた、エミリオ・ヴェルデ様だということになる。

なぜ、シリルが彼のことを？　私は不思議に思い首を傾《かし》げた。

「ええ。エミリオ様ですか？　……何度か、お話ししたことがある程度ですが」

それは、間違っていない。私はエミリオ様とは数えるほどしか、話したことがなかった。

今ではなぜか……彼と、何を話したかすらも覚えていない。

憧れていたのに……そのはずなのに？

「今日、城で呼び止められてね。君と結婚したことを、本人に確認したいと。だから、その通りでノワール伯爵令嬢フィオナと結婚したって言っておいたよ。彼はきっとフィオナのことを、好きだったんじゃない？」

複雑そうな表情のシリルがエミリオ様と私の関係を探るような質問をしたことに、思わず笑ってしまった。

そんなわけ、あるはずがないのに。

エミリオ様は社交界の人気者で、逆に人気のない私とは全く接点のない人だ。

「ふふっ！　まさか。きっと、美しいジャスティナの友人が気になった程度でしょう。彼は……その、ジャスティナの信奉者の一人のようでしたので」

二人で親密そうに話し合っていたのだから、それなりに親しいことには変わりない。

シリルは釈然としない様子ながらも、小さくため息をついて言った。

「……そう？　まあ、それは良いや。フィオナは今日は、何をしたの？」

良くできた夫のシリルは私が離れていた間に、何をしていたのか気になるようだ。

もしかしたら、偽装結婚に付き合っているだけの私に、興味もないことを尋ねてくれているのだろうと思うと胸が痛む。

「アーサーと西棟の家具の配置決めをしたのと、ルーンさんが私を心配して訪ねてきてくださったので、そのお相手を」

シリルが購入したこの邸《やしき》は、本当に数えきれないほどの部屋があった。

使用人たちも新人が多いし、名前を覚えるだけでも大変だ。

主要な部屋からこの前に新しく購入した家具の配置を決めているのだけど、部屋の数が多すぎて、なかなか追いつかない。

「そうか……明日は俺の仕事が休みだから、どこかに出かける？　外出が苦手なら、家に居ても良いよ。フィオナは、何が好きなのかな」

優しくて庶民出身のシリルは妻の私のことを優先してくれるようだけど、通常の貴族の家なら真逆だ。夫の趣味を理解し口出しをしないのが、妻の務めなのに。

聖女ベアトリス様が諦めてくれて、役目を終えた私がもし違う貴族と結婚するのなら、彼の持つ常識には慣れない方が良い。

「……シリルは、どこに行きたいですか？　私は貴方《あなた》のこと知りたいです」

私がそう言って微笑めば、シリルはパッと顔を輝かせた。

「それはそれは、とても嬉《うれ》しいことを言ってくれるね。では、明日の休みは、俺の行きたいところに行こう！」

◇◆◇

「良いね。すごく可愛《かわい》い。これも注文しよう……追加のお金はどれだけかかっても構わないから、急ぎでできる？」

彼が選んだドレスを着た私が試着室を出るたびに、シリルは嬉しそうに笑顔になった。

注文を受けた店員は、どんどん机の上に積み重ねられていく注文用紙の厚さに、喜びを隠せない様子だ。

もう……数えきれないくらいの枚数のドレスを、注文している。

「……あの。本当に良いんですか？」

昨日、私はシリルが行きたいところに行きたいと言ったはずなんだけど……なぜか、私のドレスや装飾品を選ぶ流れになってしまった。

私には、この流れがなぜなのか、ぜんぜん理解ができていない。

だって、彼は厄介な聖女ベアトリス様が諦めれば私と離婚するつもりだろうし……そんな私に、こうやってドレスや宝石を買っても仕方ないのに。

　ちなみにロッソ公爵家の財政は、私が生きている間は何の心配もないくらいに潤沢な資金がある。
だから、お金の持ち主であるシリルの好きにすれば良いとは思うのだけど……。

「良いよ！　俺は可愛い妻が欲しがるものくらい、何でも買ってあげられるよ。そうそう。本来なら貴族は婚約期間中には、婚約者の購入したドレスや装飾品を身につけて夜会に出るんだよね？　急いで結婚したかった俺のせいで、そういった経験をフィオナにさせてあげられなかったお詫《わ》びに、好きなだけドレスを買って良いよ」

　ああ。シリルは色々と不都合な状況になってしまった私にお詫びとして、ドレスを購入してくれている……のかしら？

　そう思えば、こんな人気店でたくさんの高級なドレスを発注するのも確かにわかる気がするわ……。

　それに、生地や仕立てが良すぎて、このお店で頼むなら、私の実家のノワール伯爵家だと、年に何枚かが限界だもの。

「ありがとうございます。すごく、大事にします……」

　そういえば、離婚された妻は元の夫に買ってもらったドレスや装飾品はどうするのかしら……？

　返却？　汚さないように、一層気を遣わなくては。

　今までの私は結婚なんて遠い状況だったから、そんなことを気にしたこともなかった。

　離婚した際の財産について、お母様に確認しておかないと……。

「うんうん。フィオナは、本当に可愛いなあ……俺は君と結婚できて、本当に運が良かったよ」

　満足そうに頷いたシリルに、私はどうしても我慢できなくなって言った。

こんなに彼に良くしてもらうだけで終わってしまう休日なのは、やっぱり気が引けてしまう。

「あのっ……私。シリルのおかげで、今日はたくさん満足することができました。シリルは、何かしたいことはないですか？」

シリルは思ってもないことだったのか、目をパチパチとしてぽかんとしてから明るく微笑んだ。

「え？　……うん。そうだね。じゃあ、俺もフィオナに付き合ってもらおうかな」

◇◆◇

シリルが『自分が行きたい場所』として私を連れてきてくれたのは、王都から離れた場所にある、とても広い草原だった。

「わあっ……」

時折吹く強い風に揺れている草は、まるで緑の海にある波模様のようだった。

海のさざなみのように、無作為に揺れる緑。

そこに、そろそろかげりだした、夕焼けのオレンジ色が混じる。

まるで夢を見ているかのように、美しい風景だった。

「……この風景、綺麗《きれい》だよね」

「すっごく綺麗です！　感動しました」

私の言葉を聞いて、シリルは嬉しそうに微笑んだ。

「俺は冒険者になりたくて、幼い頃にはよくここで訓練してたんだ。だから、一日のうちで多くの時間をここで過ごした」

「あ。そうですね。シリルは……生まれた時から、勇者様ではないから……」

勇者ご一行は生まれた時に宣託がなされる聖女以外は、魔王復活の時に選ばれる。

彼はその時に世界の中で一番強かったから、勇者に選ばれたのだろう。

「うん。そうなんだ。俺は幼い頃、背があまり伸びなくて、チビだといつも周囲から馬鹿《ばか》にされててね」

「え……嘘《うそ》……」

私は見上げるほどに、背が高いシリルの整った顔を見上げた。

もちろん。今は成人している彼にだって、子どもだった時期があるってわかっているけど……それでも、信じられないのだ。

今ではこんなにも立派で素敵な勇者が、周囲から馬鹿にされることがあったなんて。

「ははは。フィオナを騙《だま》してどうするの？　嘘じゃないよ。俺は負けん気だけは強かったから、とにかく強くなろうとした。馬鹿にした奴《やつ》を軽く超えたとしても、まだまだ自分は上に上がれるんじゃないかと思えば、いくらでも頑張れた」

シリルはそう言って、草原へと目を向けた。

懐《なつ》かしげに目を細める彼の目には、いつかの日に懸命に努力をしていた幼い男の子が映っているのかもしれない。

「そうなんですね……けど、勇者様になるくらいに上り詰めてて、本当にすごいです。尊敬します。私には、そんなことはとてもできないから……」

私はすぐ近くに居る親友の美点を羨むばかりで、それをどうにかしたいと血の滲《にじ》むような努力を重ねたかと言われるとそうではない。

いつも、自分には何もない、仕方ないと嘆くばかりで……こんな自分が本当に嫌。

「……フィオナは、できないことがあっても良いよ。俺ができるのなら、それは俺がすれば良い。夫婦ってそういうことだろ？　補い合えば良い」

「……ええ」

私はシリルがどういう気持ちでそれを言ったのか、わからなかった。

何もできない私でも、夫の彼が何でもできるから良いという意味だろうか。

近い将来に別れてしまう妻に対していう言葉では、ない気がした。

その時の私はシリルが、思うような反応を返せなかったのかもしれない。

彼は不思議そうな表情をした後で、にっこり微笑んだ。

「……そうだ。フィオナに、俺が勇者だという証拠を見せてあげるよ。勇者だ勇者だと周囲がはやし立てていたとしても、もしかしたらよく似ている偽物《にせもの》かもしれないだろ？」

落ち込んだ空気を和ませようとしてかおどけたように言ったので、私も思わず笑って言った。

「ふふふっ！　そうですね。もしかしたら、ここに居るシリルは、よく似た偽物なのかも」

「そう思うのも、無理はない。だから、これが証拠だよ」

シリルが何気なく空に右腕を伸ばした空間に現れたものに、私は息を呑《の》んだ。

広い空に描かれるようにして、大きな白い竜が現れたからだ。

それは、生身ではなく実体を持たない、風を形作る魔法のようだった。

「……すごい」

何を今更と、誰かに言われてしまいそうなんだけど……その時に私は人好きのする柔らかな印象を持つシリルが、本当に世界最強の勇者なんだと、そう実感した。

肌がひりつくような、絶対的な強者の纏《まと》う、圧倒的な空気。

それを、目の前の光景から肌にビリビリと感じていた。

シリルは……世界には彼以上に強い者がないと言われる、勇者なんだ。

「乗ることもできるよ？　フィオナは、高いところは平気？」

シリルはこともなげに言ったので、私はとんでもないと慌てて両手を突き出した。

「えっ……遠慮します！」

「そう？　残念」

微笑んだシリルが軽く手を振ると、夕焼け空に浮かんでいた白い風でできた竜はあっという間に姿を消した。

「ごめんなさいっ……せっかく、言ってくれたのに」

彼の好意を無下にしてしまったのではないかと、不安になった私が謝ったらシリルは微笑んで首を横に振った。

「良いよ良いよ。誰だって、苦手なものはあるよ……フィオナが、それを俺に教えてくれたら良いと思う。だって、すぐ近くに居るというのに、なぜか俺たちの間には、いつも見えない線が引かれているような気がするんだ……違う？」

シリルの青い目はまっすぐで、私はそんな彼を前に恥ずかしくなった。

自分に心を開いて言いたいことを言ってくれと、そう言っているのは理解できたけど……。

そんな私は、すぐに嫌われてしまうのではない？

「……ごめんなさい」

シリルは、優しくて良い人だってわかってるのに……私の中にある情けない思いを、どう言えばわかってもらえるの？

それなら……やっぱり近くに居るジャスティナの方が良かったって、彼は言い出さない？

「いや、こっちもごめんね。フィオナがそうして謝ることはないよ。俺たちはまだ出会って間もないし……すぐに信用をしてくれなんて、虫の良い話だった。ゆっくりとわかり合っていこう」

シリルは、とても良い仮の夫だ。それは、私だってわかっていた。

けれど、近い将来彼に捨てられることがわかっていながら、心の窓を開くのは難しい。

だって、私はピンチにあった彼を救うための相手に、ちょうど良かっただけで、どうしてもと気に入られて求婚されたわけでも……何でもないんだもの。

◇◆◇

「……何、それ？」

いきなり、背後からルーンさんの声が聞こえて、手紙を読んでいた私ははっとした。

勇者シリルが魔王を討伐した時に同行した魔法使いである彼は、雇用主である王の命令には絶対に逆らえない魔塔を、近い将来辞めてしまうつもりらしい。

着々と退職準備を進めているのか、最近は仲の良いシリルの家に居ることが多かった。

今日だってシリルは日中仕事で留守なんだけど、勝手知ったる顔でロッソ公爵邸をうろうろとしている。

ルーンさんは可愛いらしい顔をしているけど、割とはっきりとものを言う時がある。

それだって、彼が優しいからだ。

私がシリルと結婚を決めようとした時も、本当に大丈夫か？　と心配して何度も確認していたし、責任を感じて結婚してからも私の様子を見にきてくれている。

「えっと……お茶会への招待状です。私の……仲の良い親友からの」

聖女ベアトリス様が乱入してきた夜会以来、ジャスティナとは何も話せていない。

だから、彼女が私からシリルとの結婚について、詳しいことを聞きたがっていることはわかっていた。

けれど、彼女に嘘もまじえて説明しなければいけないことが憂鬱で、二回ほど招待を断っている後のことだ。

　私だってジャスティナとの縁を切りたいわけではないので、三回目の招待を断りたくはない。

「へー……親友からの手紙にしては、全然嬉しそうじゃないけど……」

　歯に衣着せぬ物言いに私はジャスティナへの複雑な思いを見透かされたようで、体がビクッと震えた。

　嬉しいか嬉しくないかで言うと……とても、難しい。

　姿も心も美しいジャスティナは、大好きだ。

　けれど、私の中にある彼女に対する劣等感が、いつも彼女との友情を邪魔する。

「……ルーンさんって、自分が絶対に勝てない人って居ますか？」

「いいや？　俺は知っての通り、勇者一行に選ばれた魔法使いで、魔王も倒している。正直言えば、ベアトリスの対処は面倒そうだけど、やってやれないことはないと言う程度だし」

　こともなげにあっけらかんとして言ったルーンさんは、本当に怖いものはなさそうだった。

　私もこんな風になれたら、良いのになあ……。

「そうですよね……ルーンさんは、そうでした」

　勇者シリルのように、彼だって選ばれし者。

　その他大勢とは、違う人たち。

「……何？　この手紙の送り主の親友さんに、フィオナは勝てない何かがあるの？」

　ルーンさんは私が何かを言いたいと察したのか、前の椅子に腰かけて頬杖《ほおづえ》をついた。

「全部です」

「……は？　全部？　どういうこと？」

私の話を聞いてよくわからないと首を傾げたルーンさんは、眉を寄せていた。

けど、一度くちびるからこぼれてしまった言葉はもう戻らない。

「……私はジャスティナには、何をしても敵《かな》わないんです。何もかも。私は美貌も才知も何もない。人を楽しませるような気の利《き》いた会話だってできないし、誰にも必要とされないんです」

自然と涙がこぼれてきて、いきなり泣きだした私にルーンさんは驚き息を呑んでいた。

「……そんなこと、ないだろ。現にシリルは、結婚相手にフィオナを選んでるし……」

「それはっ……！　私があの時に困っていた彼の求める存在で、ちょうど良かったからですよね？　私なんて……それだけの、何の価値もない存在なんです。自分が一番それをわかっているんですっ」

ルーンさんは私がグスグスと泣いているのを見て本当に困っている様子だったけど、流石《さすが》に泣いている女の子を放ってどこかに行こうとはしなかった。

「……ごめん。ハンカチ持ってない」

「っ……良いです。ごめんなさい」

ルーンさんは一旦私に近づいてきて、そしてなぜか離れてから隣の席へと座って、私が泣きやむのをずっと待ってくれていた。

◇◆◇

「フィオナ。良かったわね……結婚して幸せそうで、私も一安心したわ」

ジャスティナ主催のエリュロトン伯爵家で催されたお茶会に出席した後、私は久しぶりに彼女と二人でゆっくり話すことができた。

幼馴染《おさななじ》みで仲の良い彼女と、こんなにも長い期間話さなかったのは、私たちの付き合いの中で初めてだったかもしれない。

「ありがとう。ジャスティナ。私も招待を断って不義理をしていて、ごめんなさい」

「良いのよ。貴女《あなた》は新婚で、新しく転居もしたばかり。私も来てくれるかしらと思いつつ、招待していたのだけど、こうして会えて良かったわ……そう。私、フィオナにどうしても言わなければならないことがあって」

いつも快活なジャスティナがこんな風に言葉をにごすなんて、とても珍しい。

「え……？　何かしら」

「あの……エミリオ・ヴェルデ様のことよ。貴女、前に彼に好意があると言っていたことがあったでしょう？」

私はそれを聞いて、エミリオ様とジャスティナの二人が、親密そうに談笑しているところを思い出してしまった。

けれど、なぜなのだろうか。

そういうことがあったわと思うだけで、特に怒ったり辛《つら》かったりも思わなかった。

「ええ？　……そうだったわね。そんな時もあったわ」

ジャスティナの言いづらい理由を察した私は敢《あ》えて平然とした表情に見えるように装《よそお》ったつもり。

エミリオ様のことを聞いても特に心は動かないけど、彼女が私のことがあるからと彼とは付き合えないと思わせてしまうのは、なんだか気の毒だもの。

エミリオ様とジャスティナは、上手《うま》く行ったのかもしれない。

そうなれば、私は彼女の親友として笑顔で祝福しなければ。

けれど、そんな私の予想とはうらはらに彼女は、思いもよらぬことを言い出した。

「……あの、実はこの前の夜会で、聖女様が勇者シリル様に言い寄っているようだと、噂《うわさ》になったの」

「え？　……ええ。そのようね？」

確かに勇者シリルや聖女ベアトリス様など、勇者ご一行様は世間に出てきていなかった。

だから、私たち貴族は、彼らの詳しい関係性なんて知るわけもなく……その姿だって見たことがあるという人は少なかった。

「だから、今、噂になっているのよ。もしかしたら……勇者様は、聖女ベアトリス様との縁談を断りたいからと、フィオナと結婚したのではないかって……あのっ！　私は別に疑っているわけではないわ。あくまで、そういう噂があるってことだから」

ジャスティナは話の途中で私の顔色が変わったことに気がついたのか、慌てて説明をつけ足した。

ああ……そうよね。だって、私は偽装結婚の相手には、ちょうど良すぎるもの。疑われても仕方ないわ。

だって、ベアトリス様本人だって、そう言っていたもの。

けれど、私がここでジャスティナがこんな話をすると思っていなかったのは、さっき聞いた名前のせいもあった。

ヴェルデ侯爵家のエミリオ様と、私の結婚に何の関係があるの？

「……あの……ごめんなさい。ジャスティナ、それとエミリオ様は、どんな関係があるのかしら？」

私は本当に不思議に思って聞いたのだけど、ジャスティナは辛そうに美しい顔を歪《ゆが》ませた。

彼女はそんな表情をしていても、にくらしいくらいに絵になる人だ。

「ああ……ごめんなさい。フィオナ。貴女が知れば怒られて縁を切られても、仕方がないことをしてしまったわ。私がもっと早くに、貴女にこれをすべて打ち明けていたら……こんなにも複雑なことにならずに、済んだのに！　実はエミリオ様は、フィオナのことが気に入っていたのよ」

「……え？」

私はジャスティナの言葉を聞いて、頭が真っ白になった。

エミリオ様が私を？

あり得ない。

けれど、ジャスティナがここで私に嘘をつく理由だって、思い浮かばない。

だって、社交界でも人気のあるエミリオ様は私と接していても、礼儀正しく紳士ではあったけど……ジャスティナに気に入られたいと振る舞う男性のようでは、全然なくて……何の気もなさそうだったのに？

「エミリオ様は、フィオナの前だと緊張して話せないからって、ずっとタイミングをうかがっていたのよ……けれど、次の夜会こそはダンスに誘おうと思っていたところに、貴女が勇者様と結婚したと聞いたから」

「ごめんなさい……待って。整理させてほしいんだけど、ジャスティナはエミリオ様に、私への橋渡しを頼まれていたってこと……？」

「そうなの。私たち二人が仲が良いのは、周知の事実だから。貴女は前に、エミリオ様が気になっているって言っていたでしょう？　だから、私は二人とも両想いだと思っていて……だから、もし勇者シリル様との偽装結婚という噂が本当なら、彼はフィオナを諦められないと言っているのよ。フィオナ……本当のところは、どうなの？」

「っ……それは……」

　ジャスティナの目はまっすぐで、真剣だった。

　私は何も言えなくて……これからどうすれば良いかと、頭の中は複雑な感情が渦のようにぐるぐると回っていた。

◇◆◇

「ただいま……どうしたの？　フィオナ。今着ているドレスも、可愛いけど……それは、お茶会用のデイドレスだろう？　なんで、まだ着替えていないの？」

仕事帰りの様子のシリルは、私がお茶会に出席したままの姿で自室のソファに座っていたことに驚いているようだ。

視線を上げれば、窓の外がもう暗い。

私付きのメイドのレイチェルの呼びかけも、どこかで聞こえていたような気もしたけど、私の反応があまりになかったので彼女は諦めたのかもしれない。

ジャスティナから色々とこれまでのことを聞かされたので、そういう感情をどう頭の中で処理するのが良いのかで精一杯でもう何も覚えていない。

私が勘違いした理由とか、エミリオ様の本心とか。

もう何もかも、今はどうでも良くて。

私が今日聞いたことを考えていた間に、日中働いているシリルが帰ってくる時間になってしまっていた。

シリルは今は軍に関係した仕事をしているので、きっちりとした軍服を着ていた。

相変わらず、視界の悪い暗がりでも、思わずはっとしてしまうくらいに素敵な人だった。

「あ……ごめんなさい。私」

貴族の妻としてシリルが帰ってきた時には、玄関ホールへと彼の出迎えにいつも出ていたのに、それすらもできていなかった。

それも、私の女主人としての仕事なのに……。

「フィオナ。謝らないで……何かあったの？」

隣に座ったシリルは、外の匂いがした。

彼は外出していたのだから、当たり前だけど。

そんなことで彼がすごく近くに居るのだと、実感した。

まるで慰めるように大きな手を膝の上にあった私の手に重ねて、シリルは私の返事を待っていた。

こんなにも、優しい人なのに。私はいつか、彼から離れなくてはいけない。

「……何も。ごめんなさい……私。シリルの出迎えもできてなくて」

「こんな落ち込んだフィオナの様子を見せられて、何もないという言葉を俺が信じるとでも？　確か今日は友人のジャスティナ嬢のお茶会に、出席すると言っていたね？　もし……君に言えないようなことがそこで起きたというのなら、彼女に直接聞くよ」

シリルは硬い表情で立ち上がり、私の部屋を出ようとした。

私は止めようと慌てていたので、思わず彼の背中へと両手を伸ばし抱きついてしまった。

「行かないでっ……」

シリルの背中は、私が想像していたより、だいぶ大きくて広かった。

私はいけないと思って身を引こうとしたんだけど、その前に彼の体の前で手を握られてしまった。

「わかった。どこにも行かない。これは今日も頑張って働いてきたご褒美《ほうび》？　フィオナ。こうしてくれて、嬉しいな。君が落ち込んでいる理由は、俺には話してくれないの？」

「あ。違うのっ……エリュロトン家でのお茶会は、何も関係ないから。シリル」

「……では、何か違う理由があるの？」

シリルの体の前で手をぎゅっと握られて、私は彼の背中に顔をつけた。

彼の背中は大きくてあったかくて、とても安心できる。

これを私はいつでも手放す覚悟を、しなければいけない。

「ううん。もう、なんでもないから……遅れてきた、マリッジブルーなのかも。私はシリルと結婚したという、実感がまだ薄いから」

歯切れの悪い言い訳だと、自分でもわかっていたけど……こう言ってでも、ここは切り抜けるしかない。

私が何を考え込んでいたかという理由を、関係のないシリルには明かせないもの。

「だいぶ苦しい言い訳だけど、俺に言いたくないという意志は伝わった。そんなフィオナに、話せと無理強いはしたくない。では、共に着替えて夕食にしよう。君付きのメイドは、奥様が魂が抜けてしまったと、とても心配していたよ」

「……考えごとを、してて。ごめんなさい」

シリルがようやく、握っていた手を離してくれた。

そして、くるりと私の方を振り向いて、肩に手を置いて真剣な眼差しで言った。

「フィオナ。何か、心配ごとでも？　ベアトリスは王の厳命がくだり、君には近づいていないはずだけど……フィオナに危険があるなら、俺が対処するから変わったことがあるなら教えてほしいんだ」

「何も……何もないわ。シリル」

◇◆◇

結局、私はジャスティナに黙っていられなくて、全てを打ち明けることにした。

話がしたいと彼女を招待した私は、ひとしきりロッソ邸の改装を済ませた場所を案内してから、応接室でお洒落《しゃれ》な彼女らしい提案を聞いて参考にさせてもらうと言ったところで、さりげなく切り出した。

「ジャスティナ。実はシリルは皆が噂している通りに、聖女ベアトリス様から逃げ出したくて、偶然通りがかった私に結婚を申し込んだの」

「……え？　そうなの？　私。てっきり、あなたたちは愛し合っていると思っていたわ。フィオナ」

「ううん。これは、本当なの。だから、夫になったシリルは、私にはそういう意味で指一本触れていないわ。まだ、〈白い結婚〉が成立するから」

「……ごめんなさい。私、まだ混乱しているわ。あの……何の接点もなさそうな貴方たちが、どうして結婚することになったの？」

「実は夜会の帰りに、酒場のバルコニーで手持ち看板に『急募：俺と結婚してください』と書いて、結婚相手を募集していた男性が居て……私から近づいたのよ」

「やだ、嘘でしょう。それが、まさか……勇者様だったの？」

ジャスティナは憧れの勇者様がやけになって結婚相手を募集していたことを知り、予想通りに絶句していた。

「だから……貴女や皆が思っている通りなの。見ての通り、全然釣り合っていないもの」

「フィオナ……」

こんな私が勇者と結婚できた劇的な理由や、彼とのあれこれを彼女に話せたことで、気持ちが楽になった。

「私……嘘をつくのに慣れていないから、このところ胸が苦しかったの。けれど、こうして打ち明けることができて、ほっとしたわ」

ジャスティナは私にあったこれまでの出来事を知って、複雑そうな表情をしていた。

「ねえ。フィオナ……けれど、貴女はもう、シリル様のことが好きなのではないの？」

「……いいえ。そんなことはないわ。あんなに素敵な人なのよ。憧れはするけど……好きだなんて」

その後も何度もシリルのことは好きではないのかと確認されたけど、私は首を横に振った。

もうすぐ別れてしまう人を、好きなのだと認めたくなかったから。

シリルは、何も悪くない。

急拵《きゅうごしら》えの結婚相手を慌てて用意しなければならなかったのも、別に彼のせいだというわけでもない。

ルーンさんはベアトリス様を増長させたのは、はっきりと拒絶しなかったシリルのせいだと言っていたけど、魔王討伐時には、どうしても聖女の聖魔力を借りねばならなかったのだから。

だから、旅の間シリルが聖女様のご機嫌を取っていたという流れは理解できる。

けど、シリルは結婚した私とは本当の意味で夫婦になろうとはしなかった。

紳士的に優しくはしてくれるけど、キスはベアトリス様に強制されたきりだし、いまだ私たちは互いの部屋のベッドで夜は眠っている。

血を繋《つな》ぐことが主な目的である貴族間の結婚だと、肉体関係のない〈白い結婚〉であれば、婚姻関係を無効にすることができる。両家にとって、意味がないからだ。

互いに〈白い結婚〉を主張すれば、私はシリルと結婚していたという婚姻歴さえも……何もなかったことにしてしまえるのだ。

この日々が何もかも、なかったことになってしまう。

ジャスティナから聞いたエミリオ様の話は、私にとってとても衝撃的な話だった。

私は憧れていたエミリオ様も他の男性たちと同じように、ジャスティナのことを気に入っていると思っていた。

だから、二人が楽しそうに隠れて笑っているのを見て、ジャスティナとエミリオ様はとても親密になったのだと、あの時の私は安易に判断した。

ジャスティナは用心深くて、異性とそんな風に二人で居たことなんてこれまでになかったからだ。

けれど、彼女にとって友人の私の話をしていたのだと思えば、確かに話は通る。

二人ともお互いに気がないとわかっているので、逆に意識せずに親しく話せたということも。

「ごめんなさい……フィオナ。ややこしいことになってしまったわ。もっと、早く言えば良かったんだけど」

こうして謝罪してくれたけど、私はもう自分の気持ちがよくわからなくなった。

「いいえ。貴女の苦しい立場だって、わかっているわ。それに、私がエミリオ様に憧れていると言ったのも事実だし」

「フィオナ……シリル様と別れてまで、エミリオ様と婚約を前提に交際したい？」

「っ……それは」

それは以前の私が望んでいたことのはずだったのに、言葉に詰まった。

エミリオ様に憧れていた？

なぜかしら。今はシリル以上の人だとは、とても思えない。

私とシリルは期間限定の夫婦で、いずれ別れてしまう。

けれど、そもそもの元凶のベアトリス様が本当にシリルを諦めたのかは、まだ確定していない。

真剣な顔つきのジャスティナは、私の手を取り切実な声音で言った。

「シリル様と、一度話したいの。お願い。フィオナ」

「え？　ええ……そうね。帰ってからシリルに聞いてみるわ」

夫とただ話がしたいと言っているだけなのに、ここで断るのもおかしい。

私は押されるようにして、ジャスティナの言葉に頷いた。

もしかしたら、ジャスティナは私ではなく自分を結婚相手に選べと、交渉するのかもしれない。

確かに美しいジャスティナなら、世界を救った勇者の結婚相手として相応《ふさわ》しい。

女性として必要なもの、何もかもを持っている伯爵令嬢だ。

常に彼女のおまけのように扱われていた私とは、同じ貴族令嬢という立場にあっても似て非なるもの。

シリルと私が偽装結婚だと疑われたのは、二人で並んでいてもあまりにも似合わなかったせいなのかもしれない。

きっと偽装結婚であることが知られれば、誰もが納得してしまうはずだ。

やっぱり、あの二人の組み合わせは似合っていなくて、最初からおかしいと思っていたんだと。

ジャスティナがシリルに何か交渉をするのも、それを聞いて彼がどう判断するのかも、私が口を出せる話ではない。

だって、私とシリルは本当の夫婦でも何でもなくて……彼の心変わりを責められるような、そんな立場にいないもの。

「……奥様？　大丈夫ですか？」

「大丈夫よ。ごめんなさい。アーサー……何かを話していた？」

彼の言葉を聞き逃してしまった私に、片眼鏡を手で上げたアーサーは一層心配そうな顔をした。

私の執務室に用意されている机には、山のように書類が積まれていた。

シリルがロッソ公爵として賜った、以前は王の直轄地だった領地には、既に領主代行が居て税金の管理をしてくれている。

けれど、彼からの報告書に目を通し、シリルの資産などを管理するのはロッソ公爵邸の女主人である私の仕事だった。

「追加で頼む家具の話を……あの、奥様。お疲れであれば、また後日でも大丈夫です。何か、心配ごとでも？　私で良ければ話してください。決して、誰にも漏らしません」

「アーサー……」

真面目そうなアーサーは、仕事ぶりだって見た目そのままだ。

誠実に目の前の仕事を、きちんと順番通りにこなす。

誰かの悩みを面白がったり、私の相談ごとを明かしてまわったりするような人間だとは思わない。

美しい親友を羨む醜い感情も何もかも、彼にすべてさらけだして話すことができたら、どんなにいいか。

けど……そんな勇気も出せなくて、意気地無しのままだ。

「ごめんなさい。なんでもないの……あまり心の準備をせずに、シリルと結婚したせいかしら。わけもなく悲しくなることがあるの」

「奥様。旦那様には、相談されましたか？　奥様が不安ならば、旦那様も知りたいと思うでしょう」

アーサーの心配そうな表情に、私の心は揺れた。

仮の夫のシリルに、今の私の気持ちを話すべきだろうか。

ううん。ただそこに居合わせただけで妻に選んだ私の気持ちに対して、上手く返答しなくてはと彼に思わせてしまうのは悪いと思う。

「いいえ。アーサー。ごめんなさい。シリルには、何も言わないで……大丈夫よ。私の問題なの。すぐに落ち着くわ」

「……奥様。私も妻を事故で亡くした時に、とても後悔をしました。なぜ、あの時に自分の気持ちを素直に話さなかったのかと……どうか、後悔はなさらないでください」

私を見るアーサーの目は、とても真剣だった。

夫婦であるなら、そうするべきなのかもしれない。

けれど、私とシリルは彼らのように愛し合って結婚したわけではないから。

「ありがとう。アーサー……奥様のお好きだったダリアの花壇も、そろそろ出来上がりそうね？」

玄関に植えられた可愛らしいダリアの花咲く花壇は、庭師に最優先でと造らせたものだった。

それを見るたびに、もう結婚はしないと言っていた彼の目が優しくなることを知っている。

私もシリルと……愛し合って夫婦になりたかった。

「気を遣っていただいて、ありがとうございます。奥様。ですが、たまには頑張っているご自分のことをいたわってさしあげてくださいね」

「ありがとう。早く女主人として、ロッソ邸の皆に認められなくてはいけないわね」

それは、瞬《またた》く間の短い期間なのかもしれないと考え、力なく微笑んだ私を、アーサーは悲しそうな表情で見つめた。

◇◆◇

ジャスティナがシリルと話したいようだと、私は彼女の申し出通りに仕事に行く前の彼に伝えた。

別に良いよとサラッと返事をされた時に、私は何を彼に期待していたのか、心の中でガッカリしてしまった。

シリルがジャスティナの話を聞こうと言ってくれたのも、妻の私がそうしてほしいとお願いしたからだ。

なのに、私はそれを不満に思った。色々な感情の渦巻く自分の心が、複雑すぎてよくわからない。

私は急遽《きゅうきょ》結婚したがっていた勇者シリルと、偶然に結婚できた。

けど、自分よりもすべてが優れている存在のジャスティナに取られてしまうかもしれないと、不安でたまらない。

シリルに会うために訪ねてきたジャスティナは、私にも同席するように事前に言ったけど、彼女に何を言われるかもわからなくて……どうしても怖くて。

直前で逃げ出して……私は、ここに居る。

「……えっ……あんた。何してんの。怖くない？」

空を飛んで現れた魔法使いルーンさんは、屋根裏の窓からよじ登って斜め屋根の上に蹲《うずくま》っている私を見て驚いているようだ。

落ちることは、別に怖くない。少なくとも今は。

それよりも目の前に迫るシリルの選択の方が怖くて、高所にあるという怖さがわからない。

シリルが私と才知溢《あふ》れるジャスティナを比較して、どちらを選ぶかなんて、もうずっとずっと知りたくない。

「ううっ……ルーンさんっ」

この前に感情が昂《たかぶ》った自分を見せてしまったせいか、彼の前ではこれまでに被《かぶ》っていた仮面をうまく被れない。

今まで私の前で誰かが私以外の女の子を褒めても、何も言わずに何も言えずに我慢してた。

私のことを見て。私もここに居るよって、心の中では叫んでいた。

言いたかった。でも、言えなかった。今までずっと。

シリルはジャスティナを選ぶだろう。駄目なところばかりで、人を妬んで羨んでいるばかりの私ではなく。

だとしても、どうしても、ジャスティナにシリルを取られたくない。

「……あんた。俺の前で、いつも泣いてるけど……その」

隣に座ったルーンさんはこの前に持っていなかった反省を踏まえてか、泣きだした私に、ハンカチをそっと渡してくれた。優しい。

「ごめんなさいっ……けど、ルーンさん、いつもっ……泣きたい時に、居るからっ……」

上手く声が出ない私を見たルーンさんは難しい表情をした後に、はあっと息をついた。

「今度は何」

「……この前に言っていた親友が、今家に来てて」

今のこの状況をどう説明しようか、迷った。ルーンさんに言って、どうするの……彼を困らせてしまうだけなのに。

言葉を止めた私を不思議そうに見て、ルーンさんは言った。

「じゃあ……なんで、こんなところに居るの？　あんたを訪ねてきたんだろ？」

「私ではなく……シリルに、用があるんです」

「……はー、なるほどね。ご自慢の親友に会ったシリルの反応を見たくなくて、ここに逃げてきたんだな。あんたって……本当に、馬鹿だね」

「そんなの……わかっています」

ほんの少しの情報で状況を察し、心底呆《あき》れたような彼の言い様を聞いても、その通りだと思うだけだ。

自分が馬鹿なことは知っていた。こんな場所へ逃げて意気地なしだと罵られようとも、ただ怖かった。こんな私の情けない気持ちなんて、きっと誰にもわかってもらえない。

今までジャスティナと私が並んでいて、私を選んでくれた人なんて……本当に、誰も居なかったんだから。

「あのさ。もう……わかったから。シリルと別れてきなよ」

「……え？」

静かに話しだしたルーンさんの言葉に、私は顔を上げた。

「そうしたら、俺と付き合えば良い。人妻がこうして泣いていても、慰められない。別れてきなよ……辛いことのあるここから、連れだしてあげるから」

いきなりルーンさんが言いだした言葉に驚き、思わず涙を止めてしまった私は、よくわからなくなった。

だって、これってシリルと別れればルーンさんが私と……？

「待ってください。えっ……でも、私なんて」

ルーンさんはわかりやすく嫌そうに顔をしかめると、言葉を遮るようにして話しだした。

「あんた。いつも私なんてって言うけど……何の不満があんの。裕福な貴族に生まれて姿も可愛くて、自分で努力をしなくても、それなりの教育だって受けられている。これ以上に、何が欲しいの。何を望んでいるか言えば、俺が叶《かな》えてあげるから言えよ」

「……そんなこと。私……私は」

私を見るルーンさんの可愛い顔は、今まで見たことがないくらいに真顔だった。

彼は魔法使いで、それこそ私になんて想像もつかないことも、何でもできてしまうんだろうけど……私の消えてしまいたいくらいに、情けなくてみじめな気持ちを埋めてくれることなんて、できるんだろうか。

「その……なんか、良くできた親友と比べてっていう話は、この前にもう聞いたよ。だから、あんたをシリルが好きじゃないんなら、俺が貰うよ。俺だって魔王討伐の報酬なら、たんまり貰ってるから。爵位だって持ってる。あんたが王都に残りたいなら、それも叶えても良いよ」

「でも……」

「あのさ。あんたとその親友を並べて、親友を選んだ連中はあんたの中身を知らなかっただけだと思うよ。何も劣っていない。俺から見れば、同じくらい可愛い」

「そんなことはないわ……ジャスティナは、素晴らしい人だもの」

知らないだけだ。彼女がいかに優しくて寛容で、心まで美しい人なのかを。

何も持たない私とは全然違う。すべてをその手に持ち、何もかも上手くいく人。

「あんたも傲慢な人間の多い貴族にしては珍しく性格は控えめだけど、顔だって可愛いし、誰にでも優しく接し気遣いだってできる。それに、頭も良いから女主人の仕事だって、すぐに習得したんだろ？　よそから引き抜いた経験豊富な執事も褒めてたって、この前にシリルに自慢されたから知ってる」

「私……私」

「さっきも言ったけど。あんたが本当に逃げたかったら、ここから逃がしてあげるよ……それに、俺は自慢の親友とやらが気になって、この前見てきたけど、プライド高そうで扱いが面倒そうで、俺は無理だと思った……好みもあるからさ。シリルが誰を選ぶなんて、決めつけるなよ」

「もう嫌なの……ジャスティナのことが、好きなのに。彼女の傍《そば》に居ると、辛くて悲しくて……誰もが彼女を褒めるけど、私のことには見向きもしない。そんな自分には、何にも価値がないみたいに思えるの。居なくなってしまえば良いって、思ったこともあった。大切で大好きなのに。そのはずなのに……」

「……そうか」

「だから、こんな私は、シリルに好きになってもらえないの……」

嫌だ変わりたいと、いつも思ってた。

ジャスティナと同じように、明るく振る舞ってみれば、周囲の見方だって変わるかも……そう思ったりしたことだってあった。

それなのに、私はそうすることができないのだ。

抜け出せる方法なら、肌でわかっていた。

大人しく控えめに笑っているだけでは、誰も振り向いてくれない。

このままだと、自分が嫌だと思っている状況から逃げられない。

けど、私はそうしなかった。

現状を変えない方が、自分の駄目な部分を直視せずに嫌な思いをすることだってない。

その方が……楽だったから。

「……なあ。それって、シリルに聞いた？」

ルーンさんは重い空気を変えるように、わざと明るい声で聞いたので、私は目を瞬かせてから首を横に振った。

「いいえ……？」

「じゃあ、俺はそれ聞いても、あんたのこと嫌いにならなかった。もし、それを打ち明けてもシリルが嫌いだって言うのなら、約束するよ。あんたのことは、俺が最後まで責任持つ。なんか、俺が酒飲んで適当に言ったことが、そもそもの元凶だったしな」

「えっ……でも、ルーンさん？」

酒の勢いで言ったことで何を言い出したのだと慌てた私に、ルーンさんは楽しそうに笑った。

「ははは。そんな顔すんなよ。あんたは困り果てたシリルを助けようと、酒場で即結婚決めたんだろ？　俺だって英雄の一人なんだから、条件的にはあいつに負けてないだろ。じゃあ、シリルに聞いてこいよ。もし、駄目だったら俺が一緒にここから逃げてやるから……フィオナ」

ルーンさんは蹲って泣いていた私の手を大きくて温かい手で掴《つか》んで、立ち上がらせてくれると、にこっと笑った。

私は空が飛べるルーンさんに抱き上げられて、玄関前に降ろしてもらった。

すました顔をした彼にお礼を言ってから、玄関ホールに入ると私を捜していたらしい執事アーサーとすれ違った。

奥様と彼に呼ばれたけど、一言謝ってから、私はとりあえず来客室へと急いだ。

アーサーが捜していたはずの私を呼び止める用件は、明白だったから。

もし、私が居ないのなら、ロッソ公爵家では客人を迎え入れる役目はシリルになる。

だから、今来ているはずのジャスティナの相手だって、彼がしているだろう。

元より、ジャスティナが用があるのは、シリルで……私ではないのだから。

ルーンさんと話すことができて、私はようやく自分の心の内に気がついた。

ジャスティナにシリルを取られたくないと思っているということは、私はシリルのことが大好きで……だからこそ、彼を誰にも取られたくないって思った。ジャスティナだけでなく誰にも。

最低限の礼儀であるノックも忘れて、私は来客室の扉を慌てて大きく開き、そこにある光景を見て固まった。

背の高いシリルはなぜか立っているんだけど、正面のジャスティナも彼を追うように立っていて……？

状況がよくわからないけど、勢いでここまで来た私は、とにかくシリルの元に駆け寄った。

「……フィオナ？」

硬い表情で振り向いたシリルは、私がいきなり彼の右腕を掴んだので驚いているようだった。

対面したジャスティナは、彼に縋《すが》るように両手を差し出していた。

それを見て、一気に頭に血がのぼってしまった。

「っ……ジャスティナ。シリルは、私の夫なの。聖女様のことが上手く片付いたら離れると思うけど……それまで、私がシリルと一緒に居たいの。彼のことを、取らないで！」

そして、二人とも私がこうなるだろうと思っていたのと、全く違った表情を浮かべた。

シリルは嬉しそうにデレッとして照れた顔になったし、ジャスティナは……困ってる……？

どうして？

「ああ。フィオナ。何をどう勘違いしているか知らないが、俺は君とずっと居るよ。そして、間違っても妻の親友などに、そんな気を起こすはずがない。可愛い。ただ二人で居ただけで、そんなよくわからない誤解をするなんて。俺のことを、好きなんだね。フィオナ」

顔を赤くしたシリルは人前だというのにもかかわらず抱きしめようとしたから、私は両手を伸ばしてそれを防いだ。

「えっ……待って。待って……あの、私ってもしかして……」

「ええ。とても、大きな誤解をしているわ。フィオナ……落ち着いて。私は貴女の今までの状況を、夫である彼に説明したかっただけなの。私。もう、本当に……最低だわ。ごめんなさい。フィオナ」

なぜか顔を俯かせて謝るジャスティナは、いつも私の傍に居た快活な彼女ではなかった。

辛そうに顔を歪めて、今にも泣きだしそうだ。

「えっ……ジャスティナ。何があったの？」

私は彼女に、駆け寄ろうとした。

だって、ジャスティナは私の親友で……とても大切な人だから。

その時に、優しくだけど強引にシリルに肩を引かれて、私は彼の背後にあったソファの隣へ座らされた。

「……ああ。良いよ。仕方ない……俺も一緒に、詳しく聞いておこう。親友のはずの君とエミリオ・ヴェルデが企んでいたという、フィオナへの間違った求婚の方法について」

「……え？」

思わぬ言葉を聞いて、私は驚いた。

ジャスティナは険のある彼の言葉に眉を寄せたけど、息をついてから話し始めた。

「フィオナ。ごめんなさい。もしかしたら、もう許してもらえないかもしれないけど……私は貴女が社交界で人気のあるエミリオ様に憧れていたことを知っていたから、彼に橋渡しを頼まれた時も、こころよく引き受けたのよ。けれど、彼はプライドが高い人で、フィオナ本人も求婚者が現れないと悩んでいることを知りつつも、なかなか誘うことができなかったの」

ここまでは、私だって彼女からこの前に聞いて知っていることだ。

けれど、橋渡しは失敗してしまったとはいえ、エミリオ様本人が私へ声をかけないのでは、ジャスティナだって、どうしようもない。

　ジャスティナが謝る要素がどこにあるかがわからない私は、首を傾げるしかなかった。

「あのね。フィオナ。俺たちが出会った時に、君は社交界にデビューして一年経《た》っても、誰にも声をかけてもらえないから、俺に結婚を焦《あせ》っていると言っていたよね？　縁談もないと」

「……？　ええ。そうです。だから、私は……その」

「違うの！　違うの。フィオナ……それは、違うのよ」

　私の言葉を遮るようにして、ジャスティナはまるで悲鳴のような高い声で叫んだ。

　礼儀正しく模範的な令嬢の彼女が、こんな無作法なことをするなんて、とても珍しい。

「それは、エミリオ様なの。ヴェルデ家は社交界全体に、影響力を持っているから。貴女に他の求婚者が近寄らないように、年齢の釣り合う男性は、皆根回しされていたのよ……フィオナに、近づかないようにって」

「え……？」

　私がジャスティナの言ったことを理解するまでに、かなり時間がかかったと思う。

　二人とも黙ったままだったし、私が何を言うか待っていたのだろう。

　けれど、彼女の言葉の意味を上手く理解できない。

　確かにジャスティナと私が二人並んでいても、彼女がダンスを踊ってほしいと声をかけられるのを、良かったわねと見送るだけだった。

　何人かの紳士に囲まれても、褒められるのはいつも隣に居る彼女ばかりで……そんな。

「なるほどね……こんなにも可愛らしく性格の良いフィオナが、すっかり自分に自信をなくして、結婚している俺にも言いたいことも言えずに一線を引いている理由がわかった。そのよくわからないプライドのかたまり男は、時間をかけてフィオナの中での自分の価値を高めたかったんだろう。自信喪失させた後に、言い寄る自分だけを見ろというわけか。ならば、フィオナは救い出した自分に従順になり、逆らうこともしなくなる……救いがたいほどのゴミだな」

シリルは心底不快そうに、そう言った。

ジャスティナもそれを聞いて顔を歪めたということは、彼女だって薄々そのことに気がついていたのかもしれない。

「……ごめんなさい。私はエミリオ様から、すぐにフィオナに声をかけると聞いていたの。けれど、一向に声をかけないから。かなり前から、何かおかしいと気がついていた。フィオナが悩んでいると彼に言ってものらりくらりと話をすり替えるばかりで……変だと思っていたのに、ここまでしてもらえるならフィオナは幸せになるはずと……そう、自分に言い聞かせていたわ」

「悪いけど。どう言い逃れようが……君だって同罪だよ。こんなに君を純粋に信じている親友を、悪党に売るつもりだったのか？　フィオナは頭も良く、自分のことは自分で考えられる女性だ。せめて、怪しいと思った段階で状況を知らせて、本人に判断させるべきだったと俺は思うよ」

私の体に沿うように左腕を回しているシリルは、私の体をぎゅっと自分に近づけるようにした。

声は淡々としていたけど、彼がジャスティナに対し、本当に怒りを感じているのがわかった。

そして、私は先ほど彼らが立っていた理由を察した。

きっと、こんな事情を知ったシリルは怒って、私が現れる前にジャスティナに帰ってもらおうとしたのかもしれない。

「……フィオナが結婚したと聞いて、上品に見えたエミリオ様は豹変して……そして、私ようやく気がついたのよ。彼のフィオナへの横暴を……私は二人は両想いなんだから、おかしいと思っていても、きっと上手くいくと自分に言い聞かせて……自分の犯していた間違いから、目を逸《そ》らそうとしたの。本当にごめんなさい」

私の憧れていた親友ジャスティナ・エリュロトンは、なんだか私の思っていた人ではなかったのかもしれない。

……いいえ。彼女だって……気がついていたのかもしれない。

言い寄る男性多数の自分に比べて、隣でなんてことのない笑顔を浮かべている友人が抱いていた劣等感を。

「ジャスティナ……私。今は謝られても、許せないと思う」

私はなるべく、言葉に感情をのせないようにした。

多分、ジャスティナは私に懺悔《ざんげ》したかったんだと思う。

何もかも上手くいってエミリオ様と私が結婚すれば、彼女の罪はなかったことになっていたのかもしれない。

けれど、妻となる女性の自尊心を今の私のようにしてしまう男性と結婚して、本当に私が幸せになると思っていた？

「ジャスティナ。私……社交界デビューしてから、ずっと辛かったの。貴女には何人もダンスに誘ってくれる人が居たけど、私には誰も。貴女を褒めてくれる人は居るけど、私を褒めてくれる人は一人も居なかったわ」

「ああ……フィオナ。ごめんなさい。私、貴女が羨ましかったの。エミリオ様は貴女のことを、本当に……」

ジャスティナが、私を羨ましかった？

華やかな夜会の中、一人でダンスを踊るカップルを見ているだけの、壁の花だった私が？

シリルが私の方を見たので、私も彼の方を見た。

言葉はなかったけど、強い眼差しから「自分が一緒に居る」と、そう言ってくれているような気がした。

私は大きく息を吐いた。

ここで彼女に思いつくまま、罵詈雑言《ばりぞうごん》を投げつけたら、必ず後悔するだろう。

私にはシリルが居るし……ここはロッソ公爵夫人として、冷静に対処すべきだ。

「ジャスティナ。これ以上、何も聞きたくない……もう、聞きたくないわ。ごめんなさい。私、今日は冷静に話せそうもないから……帰ってもらっても良い？」

うなだれたジャスティナはシリルが呼んだ執事に案内されて、出ていった。

普通なら玄関まで二人で送っていくところだけど、今回ばかりは彼女自身も望まないだろう。

私はジャスティナが去っていく姿を見て、今までがんじがらめに縛られていた何かから解き放たれるような、不思議な気持ちになっていた。

　これまで私が見ていたジャスティナは、きっと私にとって都合の良い親友だった。

　けれど、もしジャスティナが私に対し悪意しか持っていなかったら、私にだってそれは、すぐにわかったはずだ。

　私たち二人は幼い頃からずっと一緒に居て、お互いに美点も欠点も知り尽くした関係だった。

　ジャスティナがエミリオ様のことを言えなかったのは、必要以上に彼女に心酔していた友人の私にだって責任があるかもしれない。

　私はジャスティナの良い点について、それをことさらに褒めた。

　それが親友の役割だと、そう思っていた。

　だから、彼女の欠点が見えていても、何も言わずに見えていないふりをした。

　ジャスティナには少し見栄っ張りなところがあって、自分に不都合な点を誤魔化《ごまか》してしまうところがあったというのに。

「……あ」

　私の隣に寄り添って座っていたシリルは、唐突に私が漏らした声に驚いたようで体を揺らした。

　もしかしたら、彼も私と同じように考えごとをしていたのかもしれない。

「え？　フィオナ。どうしたの？」

「あ。あの……シリル。ジャスティナの話を考えていて、不思議なことがあったの」

「うん。良かったら、教えてくれる？」

顔を覗《のぞ》き込んだシリルは私が彼に心を開き始めたと思ったのか、どこか嬉しそうだった。

今思えば、私は結婚してから、こんな風に素直に彼と話したことはなかったかもしれない。

こんな私なんて、シリルには好かれないだろうって最初から諦めていたからだ。

「ジャスティナには、何度か確認されたの。シリルとはいずれ別れるし好きじゃないって……そう言ったのに。あの子は、それをエミリオ様に言わなかったんだわ。どうしてだと思う……？」

シリルは、優しく微笑んだ。

私も既にその理由に気づいていたんだけど、彼が聞いてもそう思うか知りたかった。

「ジャスティナ嬢は親友とまで言えるほどに、フィオナに近かったんだから、フィオナが嘘をついているとわかったんだと思うよ。口ではそう言ってるけど、君は俺と別れたくなくて、好きだと思っていることを、彼女は誰より理解してくれたんだ」

ああ。そう。そうよね……きっとそうだわ。

そして、ジャスティナは自分の間違いを認めて……だからこそ、シリルと私に話をしたいと思ったのね。

どうして。そんなことは黙っていれば、わからないままだったのに。

もしかしたら、私が彼女を想っているように、彼女も私のことを大切に想っていてくれたの？

「……あのね。フィオナは俺の理想通りの女の子なんだけど、俺はフィオナと話す前から……そのことを知っていたんだ。まあ、いわば勇者という立場を利用した」

シリルがゆっくりと話し始めた内容を聞いて、その意味がわからなかった私は首を傾げた。

「あの……どういうこと？」

「実は、すごいズルをしてた。フィオナとこうして直接話したり、長い時間を過ごす前から、俺はフィオナがどんな子でどんな性格をしているかがわかってた。初めて会った時に、俺の聖剣が教えてくれたんだ。この子は可愛くて優しくて素直で、俺の奥さんにピッタリだよってね」

「聖剣？　……あ。勇者が使う剣のこと？」

「そうそう。まあ、俺に宣託がくだった時に使っていた剣が、聖剣になったんだけどね。魔物を前にすると、ステータスっていって……うん。どれだけ強い敵なのかとか、弱点とか。俺に教えてくれるんだよ」

　勇者様ご一行の華々しい活躍を聞くことはあったけど、そんなに細かい話を知るはずもなく、私はただただ感心していた。

「すごい……そんなに、便利な剣なのね」

「ああ！　誤解しないで。フィオナが思っているほどに、便利じゃない。俺の聖剣はエンゾって名付けたんだけど、エンゾは通常なら魔物とか、そういった直接相対した敵のステータスについて教えてくれるだけだよ。けど、俺がベアトリスにほとほと困っていた時に、あいつにいっぱい愚痴ってたから。俺は一生を共に過ごすならもっと可愛くて、もっと優しい子が良いって……だから、気が向いて、教えてくれたんだと思う。この女の子となら、結婚して間違いないよって」

「可愛くて……？」

「うん？　そうだよ。フィオナは、可愛い」

にこにこして笑うシリルは、無理をして嘘をついている感じでもなんでもない。自然体。

けど、私はどうしても確かめたくなった。

もしかしたら、今までのいくじなしだった私なら、ここで黙ったまま、彼の気持ちを確かめることはできなかったかもしれない。

でも、今はシリルの言葉を私は信じられると、そう思えたから。

「シリルから、見て……私って、魅力的に見える？」

おそるおそる尋ねた私に、シリルはようやくこれまでの謎が解けたと言わんばかりに私の両腕を持って顔を近づけた。

「……見えているよ！　そうか。フィオナはそれが、ずっと不安だったんだね。こんなに可愛い子が自信を持っていないって、なんだか不思議に思えるけど……これからは俺が、よくわからない理由で今まで言われなかった分、何度でも言うよ。かわいいかわいいかわいいかわいい……」

「ま、待って。そんなに一気に、たくさん言わないで。恥ずかしい……」

私が慌てて彼から離れようとしたら、シリルは今まで一線を引いていた妻がやっと素直になったことに喜んでか、にこにこ笑顔になっていた。

「けど、なぜベアトリスの件が片付いたら、離婚することになるの？　ベアトリスに関しては、まだまだ安心できたとは言えないけど、俺はフィオナと離婚したいなんて言ったことは、一度もないだろう？」

「え……けど、あの……」

「フィオナ。もうここまで来たら、胸の内を教えて！　気になって眠れなくなるから。ね？」

シリルは冗談っぽく言って、私が彼が離婚したいと思っていると誤解した理由を話すように促した。

「あのっ……だって、あの、夜に……」

自分の顔は見えないけど、多分今真っ赤になっていると思う。

だって、そんなこと明け透けに言えないもの。

けど、彼はそれで察してくれたのか、私の顔の前にもう言わなくて良いと手を上げて待ったをかけた。

私の話を聞いて、シリルはよくわからないと言わんばかりだった。

「え……確か、俺は式の話をした時に言ったけど……結婚式に着るドレスのことがあるから、子どもを作るのは結婚式の後にしようって。フィオナも、その時にわかりましたって言ってたよ？　俺のせいで慌てて結婚証明書は提出したけど、結婚式のドレスは着てみたいと思っていたものがあるだろうと思って、俺なりに気を利かせたつもりだったんだけど」

「え……？」

私はぽかんとした表情になっていたと思う。

だって、そんな……それなら。

私が悩んでいたことは、全部全部、彼の言葉を聞き逃した誤解からだったってこと？

「ああ。ごめん。俺もこれを言うのは恥ずかしかったから小声になって、聞き返されるかなってその時に思ったけど……フィオナがわかりましたって答えたから、何度も聞くことでもないしなって」

恥ずかしそうに謝ってくれたシリルには、悪いことをしてしまった。

だって、私はその時自分のことで精一杯になって、シリルのことを考えられていたかというと違うもの。

「ううん。私がちゃんと確認しなかったのが悪かったの。だって、シリルはいつも私のこと大事にしてくれてて……おかしいなって思っていたのは、確かだから」

「ああ。フィオナは本当に可愛いなあ……気が利かなくて、ごめん。そっか。フィオナは俺が手をださないのが、不満だったのか……」

そう言って彼は真面目な顔になって、私の顎を持って、親指をくちびるに押し当てた。

「……シリル？　どうしたの？」

その時にいきなり扉が音を立てて開いて、私は彼を忘れていたことを、ようやく思いだした。

「……おい。そろそろ、功労者の俺に説明してくんない？　流石にあれで聞きにいったら、どうなったのか気になるだろ」

ずかずかと足音を立てて無遠慮に部屋に入ってきたルーンさんは、さっきジャスティナが座っていたソファへと座り長い足を組んだ。

「ごっ……ごめんなさい！　ルーンさん……せっかく、言ってくれてたのに」

きっと私からの説明を外で待っていて、いよいよ待ちきれなくなったに違いない。

「え？　ルーン、フィオナに何て言ったの？」

「んー……泣いている人妻に離婚そそのかして、あいつと居るのが辛いなら俺と逃げようって言った」

「は？　死にたいのか？」

「やってみろよ。できるならな……で？　傷ついた人妻連れて国外逃亡かと、そわそわして長時間待っていた俺に、どんな凝った事情を説明してくれんの？」

私を抱きしめて剣呑《けんのん》な雰囲気になったシリルに、ルーンさんは不敵に笑って言った。

◇◆◇

ロッソ公爵家では、夕食は夫のシリルが帰ってきてから、私も一緒に食べるようにしている。

彼は遅くなる時はべつに先に食べてて良いよと言っていたけれど、お母様が一日に一度だけでも話し合う機会は作るべきだと言っていたので、私は彼を待つことにしている。

そう伝えると優しいシリルはなるべく早く帰ってきてくれるので、これは結果的に良かったのかもしれない。

会って話すのは夫婦円満の秘訣と、お母様が言っていた意味がわかった。

シリルが新しく関わることになる軍関係の仕事は、幹部待遇で作戦の立案や今までにない陣の立て方などの検討を主に担当するらしい。だから、家で過ごす時にもよく本を読んだり書き物をしていたりする。

意外と言ってはなんだけど、正直に言えばあまり本が好きそうなイメージがなかったので、私はギャップのある頭脳派なシリルを見て、そのギャップにドキッとしたりする。

「ねえ。フィオナ。君と俺の間にあった誤解は、何もかも解けたんじゃないかと思うんだけど……」

デザートを食べる前に何気なく切りだしたシリルは、気負いなくあくまで自然体。

そして、私側はというと今まで彼の前で、どんな態度をしていたっけ？　と、挙動不審になってしまう。

「ええ？　そう思うわ。私がきっとシリルの質問に空返事をして、ずっと誤解をしていたのね。本当に、恥ずかしいわ……」

今日みたいに少し勇気を出して、何か疑問に思うならすぐに聞いておけば良かった。

頬を両手で包んで私がそう言うと、シリルはにっこりと笑って頷いた。

「そんなことない。俺もちゃんと確認しなかったのが悪いんだ。だから、気にしなくて良いよ。結果良ければすべて良しって言うし。ね？」

甘い顔立ちのシリルは、だからというわけではないと思うけど甘いものを好むようだ。

今夜もいくつかの候補から希望を聞かれ、ケーキを出すように指示していた。

アーサーの紹介で腕の良いシェフも新しく雇われたばかりで、私とシリルの好みを探り探りうかがっていくらしい。

とはいえ、広いロッソ公爵邸には、使用人がまだまだ足りない。

使用人を雇用して差配するのも私の役目だから、まだまだ気が抜けない日々が続きそう。

「ふふ。ありがとう。シリル。そう言ってもらえて、なんだか気が楽になったわ」

「どういたしまして。ねえ。フィオナ。明日は結婚式のドレスを見にいかない？」

「結婚式の……？　でも……あの」

　確かに私たちの中にあった結婚に対する誤解は解けたけど、シリルの隣に居て、私が似合わないことには変わりない。

「ほら。俺も言っただろ？　二人だけで挙げても良いし、お互いに親しい人だけ呼んでも良いしさ。俺が、綺麗なドレスを着たフィオナが見たいんだよ。だから、次の休日にドレスだけでも見にいこう？」

　シリルに笑顔で誘われて、断れるわけもない。

　私たちの親しい身内だけなら「似合わない二人だ」と思う人だって居ないだろうし。

　だとしたら、シリルとの結婚式自体は嫌ではない私は、もうこう言うしかない。

「……はい」

　私がためらいがちに頷けば、シリルは嬉しそうに微笑んだ。

第三章　わかっていた

「俺はあんたが酒場で自分には縁談が来ないって浮かない顔をしていた時から、なんか話がおかしいなと思ってたよ」

「え。そうなんですか？」

今日も今日とて、夫の友人で自由な魔法使いルーンさんは、シリル不在にもかかわらずにロッソ公爵邸でくつろいでいた。

魔塔でのお仕事は良いんですかと聞いたら、もうすぐ辞めてしまう職場だから、何を言われても特に気にしないそうだ。

強い。

今まで私は夫のシリルにしか目を向けてなかったんだけど、この前に「俺と一緒に逃げよう」と言われてから、そうしてはいけないとは思いつつルーンさんを意識してしまうようになっていた。

魔法使いのルーンさんは、体内に持っている魔力が尋常ではないせいか人より、成長の進みが遅いらしい。だから、彼はシリルと同じ年齢なんだけど、かなり若く見えるのだ。

年齢が下の私からでも、年下に見えるとても可愛《かわい》い童顔を真っ向から裏切る、低い声と大人っぽくて落ち着いた性格。今だって背は高いけど、もっと高くなるのかもしれない。

　結婚しているくせに移り気だと言われてしまうだろうけど、あんなことを私に言ってくれる男性は人生の中で、シリルとこのルーンさん以外誰も居なかったから。

　少々、意識してしまうようになるのは、仕方ないと思う。

　とはいっても、ルーンさんは私を勇気づけたかっただけのことだから「もしかしたら自分を好きなのでは」とまでは誤解してはいないけど……ただ、私が意識してしまうだけ。

「だって、異性の好みって、人それぞれでさ。百人が居れば百人違う。女の子が二人並んでて、片方に全部が寄るってありえない。普通なら」

「え……でも」

　彼の言葉に今までの常識がくつがえされたようで私には、よくわからなくなった。

　誰だって美人が好きだと思う。もちろん、私も。性格の良い美人なら、なおさら。

「あんたさ……男の気持ちが、わかってないと思うよ。なんなら、『もしモテないのなら、俺でもイケるかも、声をかけよう』みたいな男だって、絶対居るんだ。珍しいかもしれないが数が居れば、そういう奴《やつ》も出てくるもんだよ。全員が全員、頭の良い美人をわかりやすく好きなわけじゃないから」

「……そんなものです？」

「あんたの思う通り、美人で話の上手《うま》い女を好きな男もそりゃ居るよ？　かも。それは否定しない。けど……自分がある程度能力持っていると自負している男なら、　たいと思える女が好きだよ。俺が居なくてもやっていけると思えば、俺は居なくても良　るし。大体は好きな女に頼られたいから、能力高めるわけだろ。前提がそれだから……うん。そうそう。シリルはそうだと思うよ」

「そっか。シリルは、そうなのかもしれないですね」

私はルーンさんが言ってくれた理屈を聞いて、ようやく納得した。

自信がなくて頼りない女性を、自分が守ってあげたいと思ってくれる男性だって居るんだと。

「……まーね。声をかけられる絶対数は、わかりやすく外見の良い美人のが多いかもね。けど、控えめな性格の女を、好きな男もいる。だから……俺はなんかしら誤解とか、何かあるんじゃないかと思ってた。それなりに権力を持ってるノワール伯爵家の娘に、縁談がひとつもこないとか、おかしいだろ」

「そう……ですよね。私。どうして、おかしいと思わなかったのかしら」

ルーンさんの筋道立った説明のおかげで、人には好みがあって、引く手あまたでモテている女性が好きな男性ばかりでもないといったことも、ちゃんと理解できた。

私は自分の見えている狭い視界の中で、すべて判断していた。

もしかしたら、そんな中でも親切な誰かが忠告をくれたかもしれない。

けど、それすらもそんなこと絶対にないと、後ろ向きになって切り捨てていたかもしれない。

「そこは仕方ない。あんたの家族は歳《とし》の離れた跡継ぎの兄と姉が居て、一人だけ遅くに生まれてる。交友関係ってよっぽど打ち込んでる趣味でもなければ、同じ年代でかたまるから。そのあたりに金をばらまいて圧力かけて上手く言いくるめて、口裏を合わせればできるかも」

「エミリオ様は、なんでそんなことをしたんでしょう」

それが本当に、不思議だった。

私は好きだと思う相手の自信をなくさせて一人にさせて悲しませたいとは、絶対に思えないもの。

「……うーん。品性はゴミだし絶対仲良くなりたくないけど、頭は良いかも。確かにそうしたら、気に入って好きになった女は思うがままだもんな」

「けど……そんな愛され方は、嫌ですよね」

それをされる当の本人になるはずだった私は、絶対に嫌だった。

けれど、もしかしたらシリルと会わずに精神的にだいぶ参っていて、エミリオ様の言うことしか信じられなくなっていたら？

そう思うと、背筋がゾッとしてしまう。

シリルとの偶然の出会いは、あの時はそうだとわからなかったけど、私の人生が救われるように神様が与えてくれた奇跡なのかもしれない。

「普通ならね。けど、ある意味では幸せなんじゃないの。悪い男で権力、そして金も持ってるなら、自分は何の努力をしなくても従っているだけで生きられる。そういうのを望んでいる女性も居る。価値観の問題だから。けど、シリルはそうじゃないよ。あんたの好きなこと、何でもさせてあげたいって言ってた……良かったじゃん」

「ふふっ……そうですね。シリルは、本当に優しいから。あ。ルーンさん。明日、時間あります？」

「……何？」

「この前の、お礼をしたくて……私、お菓子作りは得意なんです」

色々と複雑にこんがらがってしまっていた事態を無事に解決できたのは、目の前のルーンさんのおかげだ。

もしかしたら、優しいシリルはジャスティナの真実を聞いて私を傷つけまいと黙っていた可能性だってある。けど、あの時に勇気を出した私は、いろんなことが解決できた。

背中を押してくれた彼には、感謝しかない。

「ごめん。明日は王の命令で、ベアトリスに会わないといけないんだ。包んで置いといてくれたら、夜にでも取りにくるよ」

「あっ、そうですよね。わかりました。突然ごめんなさい」

「別に謝ることはないよ。お礼はありがと。けど、まじで憂鬱。あいつ、本当に人の言うこと聞かないし」

ルーンさんは顔をしかめて、嫌そうに言った。

聖女ベアトリス様は女神が地上に降り立ったのかと思うくらいに美しい人だ。だからこそ、美人が好きな男性ばかりではないという彼の主張も正しそう。

「けど、ルーンさんもベアトリス様に会って、大丈夫なんですか？　結婚を迫られたりしません？」

「俺はベアトリスから、出会って早々に好みじゃないって言われてるから。心底助かるけど」

「……ルーンさん。素敵なのに。頭が良くて、すっごく優しいし。か……」

顔もとても可愛いしと言おうとして、私は慌てて口に手をあてた。

そうそう。前にレベッカお姉様から注意されてたんだった。

男性は女性から自分のことを「可愛い」とは言われたくないと……いけない。変なことを言って、怒らせてしまうところだった。

「は？　あんた。正式に結婚してる自覚あるなら、むやみに他の男を褒めない方が良いよ。夫が決闘するのを、見たくないだろ」

本当に嫌そうな顔をして言ったので、仲の良い友人の妻に褒められても、それは微妙な気持ちになるかもしれないと反省した。

「あ。そうですよね……もうしないです。ごめんなさい。けど、ベアトリス様のご機嫌を、シリルもずっと一人で取っていたのなら大変でしたね」

私も一回しか会ったことはないけど、聖女ベアトリス様の迫力は本当にすごかった。

シリルはあの人に一年半の長きにわたる魔王討伐の旅の最中、いくどとなく迫られても決定的なことを言わずにご機嫌を取っていたことになる。

それはなんだか、神業《かみわざ》に近いと思う。

「……え？　あー。まあね。うん。そうそう。大変そうだった。俺は関係ないけど……関係ないままで終われて、まじで良かったよ」

ルーンさんは、どこか遠くを見ながらそう言って、熱いお茶を飲んだ。

◇◆◇

「ああ……なんて、可愛いんだ。俺の妻は天使だったのかな？　白い羽根は、どこかに置き忘れてきたの？」

次の日は軍で作戦顧問として働いているシリルの休日だったので、私たちは結婚式用のドレスを見にきていた。

結婚式に前向きになった私を喜んでくれたシリルはどんなデザインが気になるのか見にいこうと、王都でも最高級のお店に連れてきてくれたんだけど、あれもこれもと何着もドレスを試着してすっかり疲れてしまった。

なぜなら、結婚式用ドレスはデイドレスとか晩餐会《ばんさんかい》や夜会用のイブニングドレスとか……そういった日常使いのドレスとは、作成工程が全く異なるものだからだ。

レース編みのヴェールに、長い長い丈のドレス。

試着して気に入った形を参考に、メゾンの最高責任者が私の雰囲気に合うようなデザインを、後日邸《やしき》にまで来て提案してくれるらしい。

シリルは実際に着てみないとわからないからとメゾンまでわざわざ連れてきてくれたけど、本来ならマダムが好みのデザインを把握すれば勝手に進めてしまうことも多いらしい。

結婚式は一生に一度だから、私の納得のいくものにしたいと言ってくれて、本当にシリルが優しくて嬉《うれ》しい。彼のこういうところも、好きだから。

優しいのは良いんだけど……困ったことに、人前ではありえないくらいに視線と言葉が甘すぎる。

こういう場所で働く店員さんやお針子さんたちは慣れたものだろうけど、どこに行っても注目の的になる姿形の良い夫に慣れない私には、本当に恥ずかしいし居心地が悪すぎる。

「もう。シリル……そうして、褒めてくれるのは、嬉しいけど。恥ずかしい。あんまりおおげさに言わないでほしい……」

「ごめん。つい、思っていたことを、そのまま口に出してしまった。どうする？　さっき見たドレスも、気に入っていたようだけど」

ごめんとは謝ってはくれるけど、シリルはぜんぜん悪いと思ってなさそう。

この前、お互いの誤解が解けて、彼との距離は目に見えて縮まった。

男性に免疫のない私には……本当に、近すぎるくらいに。

「これ……すごく好き。可愛いもの。シリルはどう思う？」

派手寄りな今の流行とは違うかもしれないけど、古典的で精緻な紋様を描くレースで出来たヴェールと、きらめく宝石が控えめに飾られたドレスはため息をつきたくなるくらいに素敵。

私の好みや体の線にも、ピッタリだった。

嫌な顔一つせずに長時間の試着に付き合ってくれていたシリルは、ついに気に入るものが見つかったかとパッと顔を輝かせた。

「フィオナ。とっても可愛いよ。天使に仲間と間違えられて連れ帰ってしまわれないかは、少し心配だけど。これが気に入ったの？　わかった。マダム。これを基にデザインされたものを、注文しようと思うんだけど……」

すぐ近くにいた責任者のマダムは、私たちの希望を書くためのメモを持って頷《うなず》いた。

「かしこまりました。こちらだと……そうですね。奥様に合うデザインをお出ししてから、十カ月ほどお時間をいただきます」

結婚適齢期の貴族は、お互いに気に入って家同士の条件が折り合って婚約すれば、公示して一年ほどで結婚することになる。

だから、結婚式用の高価で豪華なドレスとなると、そのくらいの長い製作期間が必要になるのだ。

「……十カ月」

シリルは期間を聞いて笑顔のままで固まったので、私は慌ててしまった。

彼は庶民出身なのだし、もしかしたらもっと早くに出来ると思っていたのかもしれない。

「シリル。ごっ……ごめんなさいっ……私、もっとすぐに出来るドレスでも、大丈夫だから。今から基本になるデザインを、違うものに変えるわ」

「いやっ！　何を言ってるんだ。俺はフィオナを世界で一番幸せな妻にするんだ。そのためになら、どんなに時間や費用がかかっても構わない。うん。マダム。大丈夫だ。それで進めてくれないか」

私の言葉にはっとしたシリルはキリッと真面目な顔になってそう言ってくれたので、私はほっと息をついた。

本当に私の夫は、優しい……好き。

「……あの、ロッソ公爵夫妻は既に結婚証明書を提出されて、同居されていると聞いておりますが」

最高責任者のマダムは厳しい顔をして、重々しくそう言った。

体面を重んじる貴族ではそういった流れは珍しいので、貴族と付き合いのある彼女のこと、私たちの噂《うわさ》を早々に聞いていたのかもしれない。

「ああ。そうだよ？」

明るく社交的なシリルが軽く答えたので、彼女はより難しい顔になった。

「式までに奥様の体のラインが変わると、困ります。痩せすぎても太りすぎてもいけません……もちろん。予期せぬご懐妊となると、おめでたいことですが、愛する奥様の希望通りとはいかなくなります。それだけは、先にご忠告しておきます」

「……胸に刻みます」

◇◆◇

「しかし……十ヵ月間か。フィオナ。ドレスが出来たら、すぐに結婚式をしよう」

メゾンからの帰り道の馬車の中で、シリルは私に言った。

「え？　けど、社交期だと、皆さまに迷惑になるかもしれないし……ひと月かふた月待った方が、良いのではないかしら？」

この国の貴族の常識でいくと、多忙になる社交期の真っ盛りに結婚式をすることは、あまりない。

もしかしたら、庶民出身のシリルはそれを知らないのかしらと思った私は、彼に教えるつもりでそう言った。

「良いんだ。結婚式の時期に文句を言う奴は、来なくて良い……俺はそうしたいんだけど、駄目なの？　フィオナ」

　こちらを見る目は切なげで、うるうるとしている。

　いつも凛々《りり》しく颯爽《さっそう》としているシリルがそんな表情をするなんて思わなくて、私はびっくりした。

「っ……いいえ。シリル。シリルがそうしたいなら、私は大丈夫よ」

　私は元気がない時に彼がいつもしてくれるようにして、シリルの手を握った。

　シリルは大きな手で私の手を握り返すと、はあっと切なげに大きくため息をついた。

「ありがとう……ああ。十ヵ月間か」

「シリル。もっと早くに結婚式をしたいなら、私は構わないわ。マダムの言う通りに、レースのヴェールを別のものにすれば、きっと期間も短くできるはずよ」

　私の選んだドレスのヴェールは特別製で、異国の有名な職人に依頼し長さなども私に合わせて、計算して作ってもらえるらしい。

　一目見た時から美しくて、つけた感じも気に入っているのは確かだけど、大事な夫を悲しませてまであのヴェールをつけたいわけでもないのだし。

「……良いんだ。俺は我慢できる。フィオナを愛しているから。我慢する。大丈夫。愛しているから、十ヵ月間なんて軽く我慢できるんだ」

　自分に言い聞かせるように繰り返したシリルは、私が思っていたよりもだいぶ頑固みたいで、何度言ってもあれで良いと言うばかりだった。

シリルは、こうして常に私のことを最優先にしてくれる。

だから、彼の悩みの種である聖女ベアトリス様との縁談を、私と結婚することでなんとかすることができて本当に良かった。

ちなみに聖女ベアトリス様は、私とシリルには絶対に近づくな、連絡を取るなと国王陛下から厳命されているらしく、それを破れば神殿に住む彼女は当分の間外出禁止となってしまうらしい。

可愛らしい罰のようにも思えるけど、神殿が嫌で早く出たいと思っている彼女にはこの罰は効くだろうというのはルーンさん談。

それに、ヴィオレ伯爵が聖女ベアトリス様の横暴をごり押ししようにも、私のお父様であるノワール伯爵が絶対に許さないだろうとのこと。

私のお父様であるノワール伯爵。実家では置き物同然の昼行灯《ひるあんどん》だから、何も知らなかったんだけど……貴族社会では切れ者として有名で、聖女の生家だからと無理強いしてくるヴィオレ伯爵に真っ向から立ち向かっていて、それぞれに仲間が居て……という、激しい派閥争いになっているみたい。

だから、シリルは私が結婚相手でないと逃げきれなかったのは、確かなことなのかも。

お父様だって娘の結婚相手でなければ、関係ないからとベアトリス様の結婚相手については放っておく可能性もあるし。

国民としては守護結界を張ってくれる彼女が居てくれないと本当に困ってしまうので、どうにか穏便にシリルのことを諦めてくれたら良いけど……。

予定通りに夕食を外でとることにした私たちは美味しい料理をゆっくりと味わい、かなり遅くなってからロッソ公爵邸へと帰り着いた。

その時、アーサーからルーンさんはまだお菓子を取りにきていないと伝えられた。

本当なら、昨夜にお菓子を取りにくると言っていたけれど、ルーンさんは取りにこなかったのだ。

もしかしたら、特別忙しかったのかもしれないと作り直し、代理で渡すよう執事アーサーに頼んでおいた。

だというのに、彼はいまだに取りにきていないようだった。

まだ、ベアトリス様との用事が終わっていないか、何か他に用事があるのかもしれないけど……約束はきっちり守ってくれるルーンさんらしくなくて、私はこの出来事が心に引っかかってしまった。

――原因のわからないざわざわとするような胸騒ぎの理由は、すぐに知れた。

明くる日の早朝、浅い眠りにまどろんでいたところに寝室の扉がひかえめに叩《たた》かれたので、私は何事だろうと目をこすりながら起き上がった。

もし、私付きの新人メイドのレイチェルが起こそうとしてやってきたのなら、彼女は役目だから勝手に入ってくるんだけど……もしかしたら、異性の執事アーサーが危急な用件で、私を呼んでいるのかもしれない。

「……はい？」

扉を開けたら予想外に、シリルだった。

「フィっ……なんて、格好を……あ。ごめん。俺が眠っているところを、起こしてまで、呼んだんだけど……そうだった」

軍で働く私の夫シリルは、昨夜私の眠る前まで帰宅はしなかった。

仕事が遅くなり帰宅が深夜になる時などには、いつも遅くなるからと事前連絡があるので、私も気にせずに眠っていた。

けれど、いつもなら家に帰ってきたらすぐに着替えてしまう彼は、仕事着であるきっちりとした軍服を着たままだ。

「……シリル……？　どうしたの？　何か……あったの？」

私はシリルのいつもならありえない早朝の訪れに、どうしようもなく不安になった。

なぜかというと、ある人の顔が頭をよぎったからだ。

ささやかなお礼にと作ったお菓子を夜に取りにくると約束していた日も、一昨日も昨日も……あれだけ多くの時間を入り浸っていたルーンさんが、ロッソ公爵邸に来ることはなかった。

なんとなく気分で言った酒場での冗談も、自分のせいだから責任を取ろうとまで言ってくれる人なのに。

約束した私に連絡ひとつもなく……絶対におかしい。

「……あ。ごめん。うわ。やばい……薄着の妻の破壊力を、今まで知らなかったから……暑いもんね。ごめん。一瞬、何をしにきたとかの用件を全部忘れた。もう……フィオナが着替えるのを、おとなしく待つんだったよ……」

シリルが顔を赤くして、もごもごしていると思ったら、妻のネグリジェ姿を初めて見たからだったらしい。

照れた顔は可愛いけど、彼の用件が私の予想通りなら、今はそんなことを言っている場合でもない。

「もうっ……！　それは、良いから。シリル、何があったの……？」

私が早く用件を言ってと急《せ》かすと、シリルは急に真面目な顔になり、うんと大きく頷いてから話し出した。

「フィオナ。三日前に君と会った後から、ルーンの姿が見えなくなった。俺も今日聞いて心当たりをほうぼう捜したけど、やっぱりどこにも居ない。職場の魔塔はもうすぐ辞める予定ではあるけど、まだ契約期間は残っている。ふらりと旅に出るのは、時期がおかしい。あいつから何か聞いてる？」

……ルーンさんが、行方不明になってるの？

けど、あの人は勇者様ご一行にも選ばれた魔法使いで……それって、世界でも一番強い魔法使いという証拠で……そんな彼が危険な状況は、想像がつかない。

「いいえ。私がお礼のお菓子を作るからと言ったら、翌日は、王の命令でベアトリス様に会うからと……お菓子は包んでおいてくれたら夜に取りにくるって、そう言ってたんですが、ルーンさんは取りにきていませんでした」

日持ちはするとはいえ、お礼だからとお菓子は毎日作り直していたんだけど、やっぱりルーンさんは来ない。私があの日ルーンさんと話した内容を教えると、シリルは難しい表情になった。

普通に考えればベアトリス様は旅の仲間の一人であるルーンさんに何かをしても、何の意味もないはずだ。

彼女はルーンさんについては、自分の好みではないと公言しているらしいし……よく考えたら、それも本当に失礼な話だけど、ベアトリス様に好意を抱かれるのは天災に近いので、好まれない方が運が良いのかもしれない。

でも、本来の目的を達成するのに必要な私やシリルには、手を出してはいけないと王に厳命されていると聞くけど……まさか。

私が思ったことは、既にシリルも考えていたらしい。彼は深刻な顔になって、眉を寄せた。

「ベアトリスは、ルーンは自分のところには来ていないと言っているんだ。用事があるから王に頼んで呼んで、待っていたけど、その日ルーンは現れなかったと。あいつは魔法使いらしく、きまぐれなところはあるけど、ちゃんと約束は守るから……心配だな」

長い時間を共に過ごした友人であるシリルも、ルーンさんは約束を守ると言った。

そうよ。彼が伝言もなしに、約束を破るなんてやっぱりおかしいんだ。

「あの、シリル。ルーンさんは、聖女ベアトリス様には……自分は手こずるかもしれないと、前に言っていたことがあります。そうなんですか？」

確か自分には勝てない人が居るのかと聞いた時に、彼はこう答えたはずだ。

『ベアトリスの対処は、面倒そうだけど』と。

私の質問にシリルは、浮かない顔をして頷いた。

「フィオナも、ベアトリスが……聖女として、国の守護結界を張っていることは知っているよね？あいつ以外なら、こんなにも広い国を覆うような範囲を守ることはかなりな負担なんだけど、能力の相性でそういう結界術や、通常なら治せない怪我《けが》でも瞬時に治せる治療術に優れているんだ」

「はい……それで、シリルもルーンさんも、魔王討伐時は大変だったと……」

確か勇者シリルはわがままな彼女のご機嫌を取りつつ、魔王討伐という最終目的を果たしたはずだから、治療術や支援系の魔術などを得意としていることは知っていた。

「うん。だからさ……もし、ルーンがベアトリスの結界に封印されたら、あいつは魔法を使えなくなるかもしれない。ベアトリスが扱う結界って結構便利で、自分の条件に合うように閉じ込めるための結界を作ったのなら、いくらルーンでも内側から出てくるのは難しいかもしれない」

「そんな……」

それは手こずるどころの騒ぎではなくて、手も足も出なくなってしまうのではないだろうか……私が驚いて絶句していると、シリルは苦笑して首を横に振った。

「けど、あのルーンの魔力は尋常じゃない。歴代でも一番の数値だって聞くし。もし、ベアトリスが結界を張る前に勘づいていれば、賢いあいつは絶対に中に入ることはないだろうし……ベアトリスは、三日前から確かに神殿からは出ていない。だから、どうしても……おかしいんだ」

「……ルーンさん。そんな……」

暗い不安が心の中に湧き上がるあまり、私は胸の前で手を組んだ。

ルーンさんがいきなり居なくなるなんて、普通なら考えられない。

ならば、私たちの予想を越えた普通ではない何かが起きているということだから……。

「うん……ごめん。こんな深刻な話をしている時に、本当に悪いんだけど……」

「？　シリル。どうしたの？」

さっきまで大真面目な顔をして話していたシリルは、手で目のあたりを覆って言いにくそうにして言った。

「その格好すると、胸が……うん。胸の谷間が見える。フィオナって、着痩せするタイプだったんだね。あ。俺の前だと、良いんだよ！　俺は、夫だからね。君のそういうところを見られる権利を持っているのは、俺一人だけだからね。けど、結婚式用のドレスが出来る前には、あんまりそういう格好をしない方が良いかもしれない……うん。我ながら、理性が心もとないから。ごめん」

彼にそう言われて下を見ると、確かに薄いネグリジェを押し上げるように胸の形がくっきり出ていたので、慌てて前をかき合わせた。

「ごめんなさい。シリル」

これは恥ずかしいところを見られてしまったと謝った私に、シリルは慌てた様子で言った。

「あっ……謝らないで！　フィオナは、何も悪くないんだよ。むしろこちらからすると、見せてくれてありがとうなんだけど。結婚を焦《あせ》ったのも俺が、悪いよね……婚約期間なしで一緒に住み出したのも、何もかも俺が悪いんだ。けど、時期的に本当に、目の毒でしかないから……俺の前で薄着する時は、気をつけてね」

◇◆◇

行方不明になってしまったルーンさんの行き先を、今まで徹夜で探していたらしいシリルだけど、今日は王の立ち会いの下、彼が考案した作戦の模擬演習があるとかで、どうしても休めず、とりあえず行ってくると仕事へと出かけていった。

ルーンさんは確かに心配だけど、まだ誰かに誘拐されたことが確定しているわけではない。

だから、これは事件にはなってはいない。

魔王討伐を共に果たしたほどに強い彼なら、きっと大丈夫だろうと、彼を信頼しているシリルは思っているのかもしれない。

けど、私はルーンさんのことが心配で、居ても立ってもいられなかった。

彼を知る関係者は、心あたりを捜しているらしい。

けど、身代金目的の誘拐の線も薄いとなれば、国の機関は動かない。

やみくもに捜しても、意味がないことはわかってはいるけど……それでも、何かとお世話になった彼のために何かしたかった。

うろうろしていた私は、とにかく大きな邸の中で、ただ一人安穏としていることに耐えられなくなった。

手早く外出着へと着替えて、前に話していた時にルーンさんが住んでいると話していた彼の家まで向かった。

ほんのわずかな手がかりでもいいから、何か探したくて。

どうにかして、姿を消した彼に近づきたかった。

「とはいえ……居るはずもないわよね。捜索するならここは一番に捜しているはずだもの」

勇者様ご一行の魔法使いルーンさんの家は、高級住宅街に位置しているとはいえど、こぢんまりとした赤い屋根がある可愛らしい二階建てだ。

シリルと同じように彼だって爵位を王から授けられているんだけど、貴族院に所属して貴族として生きる気はさらさらないらしい。

自由な性格のルーンさんらしい選択だと思う。

窓から覗《のぞ》き込んでも、暗い室内は見えない。

他の人から見たら留守の家の様子をうかがっている不審者でしかないんだけど、そんなことを気にしている場合でもない。

「……そこに居るのは、ロッソ公爵夫人ではないか？」

暗い室内を何か手がかりがないかと目を凝らして見ようとしていた私は、いきなり背後から話しかけられて驚いた。

こんなところで会うなんて、全く思っていない人がそこに居たからだ。

「え……お久しぶりです。エミリオ……ヴェルデ様……」

にこにこと感じの良い笑顔を浮かべるエミリオ様は、力を持つヴェルデ家の嫡男。

ゆるやかに巻いた茶色い髪に、明るい茶色の瞳。

細身で背が高くて見栄《みば》えも良く、結婚前の若い令嬢がこぞって彼の婚約者の座を狙うような、社交界の人気者。そんな男性だ。

すっきりと身体《からだ》に合わせた外出着もお洒落《しゃれ》で、お気に入りなのか常に身に付けている緑柱石《ベリル》で出来た豪華なブローチも、胸の辺りできらめいていた。

私もあまり話したことのないエミリオ様の上辺《うわべ》の姿に、憧れていた時があった。

けれど、ジャスティナから彼が私に何をしたかを聞けば、ただただ怖くて……咄嗟《とっさ》に私は、今すぐここから逃げなきゃいけないと思った。

え。けれど、待って。

さっきまで、私のすぐ近くに居たロッソ公爵家に仕える護衛騎士たちは……どこに行ってしまったの？

私を守るために傍《そば》に居たはずの彼らの姿は、今はどこにも見えない。

「……本当に、久しぶりだね。社交期に入り、いきなり結婚したと聞いて驚いたよ。実は僕も君をダンスに、誘うつもりだったから」

不気味な明るい表情の中の、違和感に気がついた。

茶色の目は、全く笑っていない。

危険だ。

喉が自然と鳴った。

いけない。ここから、逃げなきゃ。

大きな声を出して、逃げなきゃいけない。

けど、それをしたら……私は彼に何をされてしまうの？

頭の中では、この状況は危険だと誰かが叫んでいた。もし、ここで少しでも私が不用意に動けば、乱暴されたり拘束されてしまうような気がして……そんなことは、彼は何も言ったりしていないのに。
強い焦燥感が、胸底から湧き上がった。

「……あのっ……！　私。とても急いでいますので、もうこれで失礼します。申し訳ありません。ヴェルデ様」

私は急ぎ足で、すぐ近くに停《と》めてあった馬車へと戻ろうとした。

けど、素早く動いたエミリオ様に強い力で腕を掴《つか》まれて、思わず悲鳴をあげた。

「この僕がこんなにも、時間も手間ひまもかけたというのに、会ったばかりの勇者と結婚しやがって……どうせ、噂通りにしつこい聖女ベアトリスの求婚を断るための口実だろう。状況証拠が揃《そろ》いすぎている。こっちはもう、何もかもわかっているんだよ」

掴まれた腕の痛みと彼の言葉が怖くて、私は何も言えなかった。

悲鳴をあげなきゃ……待っているはずの馬車の御者か、近くに居る誰かが気がついてくれるかも。

けど、ここで私が声をあげれば、今だって尋常ではない様子に見える彼が、どうなってしまうのか……それが怖い。

エミリオ様の目には、今までに見たこともない狂気が見えていた。

「……離して。私は夫が居る身です。こんなことが知られれば……貴方《あなた》も」

「確かに貴族院へと結婚証明書は提出されているようだが、肉体関係のない〈白い結婚〉であれば、すぐに婚歴も取り消せるだろう。なに、僕らヴェルデ家は歴史ある由緒正しい貴族だ。世界を救ったからというそれだけで、叙爵したての勇者とは人脈も権力も圧倒的に違う」

彼の言葉を聞いた私は、全身に震えが走っていくようだった。

確かに私とシリルは、夜を共に過ごしてはいない。

けれど、シリルがそれを口にするわけはないし、それを彼が正当な手段で知っているとは思えない。

「なぜ……」

驚き唖然《あぜん》として言った私の小さな呟《つぶや》きに、彼は苦笑して顔を近づけた。

「雇い立ての使用人には、困ってしまうよ。少々情報提供にお金を払われたからと、仕えている主人の夜の事情まで簡単に流してしまうとは。僕もゆめゆめ注意しなくては……まあ、名ばかりの新興貴族は、信用ある人間を集めるのも大変だから……同情するよ」

この人……ロッソ邸に雇われた使用人から、私たちの情報を買っていたんだ。

どうして、あの時に彼がおかしいと教えてくれたジャスティナの話を聞いて、私は気がつかなかったんだろう。

求婚しようとする相手を、精神的に追い詰めて自分の思い通りにしようとする人が、あっさりと簡単に諦めてくれるはずなんてないのに。

貴族になったばかりのシリルは仕方ないとしても、貴族の娘として十分に教育を受けていた私は、こういう時の対処も学んできたのに。私は何の言い訳もできない。

確かに目の前の彼のせいで、精神的にまいっていたことは認めるけど……すべてはロッソ邸の女主人として、使用人を管理できていなかった私の責任だった。

「ああ。そうだ。ロッソ公爵夫人。君に会えたら、聞こうと思っていたことがあるんだが……」

芝居がかった彼の言葉は私にとって絶対に悪いことだとわかっているのに、どういう意味かを聞かなければ前に進めない。

近くに居た三人の護衛騎士は、おそらく彼の手の者に何かされている。

もしかしたら、買収されているのかもしれない。

私の行き先だって、彼らの中の誰かが漏らしたのかもしれない。

主人の私がこんな状態にあるのに出てこないなんて、おかしいもの。

覚悟を決めた私は、エミリオ・ヴェルデを見つめ聞いた。

「何かしら。貴方と私は、何の関係もないはずだけど」

「っ……よくも。いいや。もしかして、ロッソ公爵夫人の知人が、行方不明になっていないかと思ってね。彼の情報は、欲しくないか？」

一瞬笑顔がくずれ怒りの表情を見せた彼は、私の驚いた様子を見て満足げな顔になった。

ああ……ルーンさん。貴方が居なくなったのも、私のせいだったのね。

「……なぜ、ルーンさんのことを知っているの？」

答えがわかっていたとしても、どうしても聞いてしまった。

だって、これって、全部私の。

「フィオナ。君はもっと頭が良いのかと思っていたよ。口の軽い使用人は、君と彼が仲良くなっているようだと話していたよ。夫の留守中に訪ねてくる夫の友人とも、仲良くなっているのか……男に慣れて今までの僕の苦労が何もかも、水の泡だ」

前にジャスティナが教えてくれた通り、このエミリオ・ヴェルデが今まで私に男性が近づかないように裏工作をしていたんだ。

社交デビューしていからというもの、悩んだ長い長い時間、今までの消えてしまいたいとまで思ったみじめな気持ち。

それを思えば、心の中は怒りで燃えつくようだった。

けれど、今は捕らわれてしまっているルーンさんがどうなっているかが、心配だった。

私の問題なんて後で良いから、それを早く解決しなければいけない。

歴代一位とも言われている魔力を持つ彼ほどの人を、どうやって捕らえたのかも……私をあれだけさまざまな手段で追いつめたエミリオ・ヴェルデのことだもの。

きっと卑劣な真似をしたに、決まっている。

「……聞きます。腕を放して。声をあげたりしない。逃げたりもしないわ」

毅然《きぜん》としてそう言うと、事態を察して私が怯《おび》えて泣くとでも思っていたのかもしれない、期待外れでつまらなそうに鼻を鳴らしたエミリオは頷いて腕を放した。

「では、僕に大人しくついてこい」

エミリオに連れてこられた薄暗い地下の中にある空気は、肌にひんやりとして冷たい。

やはり私についていた護衛騎士の一人が買収されていたようで、他の二人は捕らえられていた。

縛られた彼らは無念を滲《にじ》ませるように連れていかれる私を見ていたけど、味方だと思っていた人に裏切られたなら、不意をつかれても仕方ない。

私は……今まで、何をしていたんだろう。

公爵位を持つシリルと結婚したんだから、公爵夫人としての私の役目を果たすべきだった。

エミリオの企みによって、自尊心を折られていた私は、婚約前の女性としては落ち込むしかない状況にあったわけだけど、それとこれとは何も関係がない。

もし、精神的に落ち込んだ自分が女主人としての役目を果たせないのなら、夫のシリルに相談して代理を立ててもらうべきだった。

美しいジャスティナのように、誰かに認められたいのにどうしてと、可哀想《かわいそう》な自分をあわれんでいた時間を取り戻したい。

今、考えれば、それには何の意味もなかった。

使用人たちの管理は、私の仕事だったんだから。

たとえシリルが自身の輝かしい功績によって高い爵位を授かった公爵だとしても、私は生まれながらの貴族で……それなのに。

「……ルーンさん！」

背の高い人が座って、なんとか体が入りきるくらいの広さしかない、光る透明な三角すい。

その中に、捜していた彼がいた。考えられないくらいに衰弱している様子のルーンさんに、私は咄嗟にエミリオに掴まれていた腕を振りほどいて彼へ駆け寄った。

「くそ……俺のせいか。悪い。フィオナ。結界を張られて、出られないんだ。どうにかして、シリルのところに帰れ。俺は、大丈夫だから。ベアトリスに俺は殺されない」

自分が殺されないと、キッパリと言いきったルーンさん。

なぜ聖女様の名前がここで出てくるかなんて、それはもうどうでも良くて。

「ルーンさん……そんな……けど、そんなに衰弱して……」

思わず声が震えてしまった。私のせいで、彼がこんなことになってしまうなんて。

近くで見たルーンさんの顔は、今にも倒れそうだと思うほどに青白い。

もしかして、閉じ込められる以外にも何かされている？

「そういう条件の結界なんだ……今だってベアトリスに、俺の魔力を吸われている。あいつ……国を守る結界に使っている魔力にそれを一部使ってるんだ。だから、この結界を俺が壊せば、国を守っている守護結界にほころびが出来る。そうすれば、強い魔物が入り込む」

「そんな……」

青い顔したルーンさんが淡々とそう言ったことで、どうして強い魔力を持つ彼が、結界を無理やり破壊せずに、ここに留まっているかを理解できた。

「どうだ。フィオナ……瀕死《ひんし》の魔法使いの生死は、お前の決断にかかっている」

ここに自分を連れてきた何もかもの元凶を、私は睨《にら》みつけた。

こんなことをするなんて、信じられない。

「何を言いだす。フィオナに手を出すな……俺とシリルを敵に回すのか？　地獄の果てまで追いかけるぞ」

険しい表情になったルーンさんの言葉を無視して、嬉しそうな明るい笑顔を浮かべたエミリオ・

ヴェルデは言った。

「君はシリル・ロッソに暴力を受けていたことを訴え、肉体関係のない白い結婚を主張して離婚するんだ……何。僕がすべて、筋書きも用意した。何もかも指示通りにすれば、間違いはないさ」

「……シリルを、巻き込まないで。もし、私が彼と離婚するなら、〈白い結婚〉だけで理由は十分でしょう。貴方はシリルの使用人を何人も買収しているようだから、複数の証言者と私本人の主張で足りるはずよ」

　私の夫のシリルは、本当に優しい人だ。わかりやすい嘘《うそ》だとしても、汚名を着せるわけにはいかない。

「そうかな？　別に良いよ。君が僕の言う通りにするというのなら……だが、その後、すぐに結婚してもらうよ。言っておくが、僕はフィオナと結婚したら絶対に離婚しない。求婚権をめぐって決闘を挑まれても受けない。だから、君は死ぬまでずっと僕のものだ」

「フィオナ！　俺を見捨てろ。こいつらは、絶対に俺を殺すことはできない。良いから。早く逃げるんだ」

　狭い空間に閉じ込められたルーンさんは必死に訴えてくれるけれど、今まで彼が私にしてくれたことを思い返せば、そんなことができるはずもなかった。

　あの始まりの日から、ちょっとしたお酒の場での冗談の責任を取って「本当に大丈夫なのか」と私のことを気にかけて、時間を作っては何度も私の様子を見にきてくれた。

　もし辛《つら》かったら俺と一緒に逃げようとまで言ってくれて夫のシリルへ勇気を出すきっかけを作って

くれ、背中を押してくれた。

そんなルーンさんをここで犠牲にすることは、私にはできない。

「ルーンさん。大丈夫だから……気にしないで。これは……はじめから、私の問題なのよ」

「フィオナ……くそっ」

ルーンさんの言っていた通り。ジャスティナと私が居たとして、全員が彼女を選ぶなんてありえない。

だから、周囲から見ればきっとおかしな部分が多かったと思う。けれど、あの時の私は「なんで、どうして」と、悲しみに溺れむくわれない我が身を嘆くばかり。

自分が今居る状況を、もっと冷静に判断して、エミリオ・ヴェルデの企みに自ら気がつき、お父様に報告するなりすれば、この事態を防ぐことができた。

被害者意識が強くて感情的になりすぎて、失敗をしてしまった。

もう二度と、繰り返さない。

私が彼へ向けたまっすぐな視線が気に入らなかったのか、エミリオ・ヴェルデは不満そうに鼻を鳴らした。

「時間をかけ良い具合に、弱気で自分を卑下するようになっていたのに……まあ、良いか。君を洗脳するには……いくらでも、やりようがある」

エミリオ・ヴェルデは精神的に弱ってしまった私を、自分の良いように操作しようとしていたことも全く隠さない。

きっと、彼は自信があるのだと思う。

一度自分をなくしそうになっていた私を言いなりにする方法なんて、いくらでもあるんだと。

けれど、私はもう絶対に屈したりしない。

結婚をしてからまだ間もないけれど、夫のシリルが教えてくれた。

私は誰かに愛されても、その理由を何も疑わなくて良いんだと。

「そうよ。早く離婚させてくれないかしら。だって、その子が居ると私がシリルと結婚できないんだもの」

いきなり甲高い声が奥から聞こえて、反射的に視線を向けた私は目を疑った。

王にロッソ夫妻に近づくなと厳命されていると聞いていたので、まさか彼女が私の前にまた姿を現すなんて思いもしなかった。

「……聖女、ベアトリス様？」

彼女の登場に呆然《ぼうぜん》としていると、ベアトリス様は美しい顔に心底楽しそうな笑顔を浮かべた。

「あら。そこに居るのは、この前に勇者シリルと結婚したノワール家のお嬢様でなくて？　……とても、偶然ね。私はヴェルデ家に招かれてきたんだけど……貴女が居るなんて、全く知らなかったわ。接見禁止を命じられていることをヴェルデ家が知らなければ、仕方ないわよね。本当に、ただの偶然だもの」

それが偶然なんかであるわけがないのに、ベアトリス様は無邪気に微笑《ほほえ》んでいた。

ううん。これで王の追及を切り抜けるから、お前は何も言うなという彼女からの忠告かしら。

「フィオナ！　ベアトリスに俺は殺せない。俺は良いから。早く逃げろ！」

ルーンさんが立ち上がろうとしたけど、彼の魔力は出した分だけ結界に吸われてしまうのか。

三角すいの中で大きな音がして飛沫《しぶき》のように光が跳ねて、彼は険しい顔で眉を寄せた。

「そうね……確かに私には、ルーンは殺せないわ。けど、この結界の中に一生閉じ込めておくことはできるの。ルーンは優しいから、自分の自由のために多くの国民を危険に晒《さら》すなんて絶対にしないもの。ふふふ。おあいにく様。自分には何の関係もない、ノワール家のお嬢様が苦しむ幻覚を見せたら、用心深いルーンには珍しく慌てて飛び込んできたのよ。優しい人って、本当に損ばかりするわよね。馬《ば》鹿《か》みたい」

魔王討伐の旅をしたこの人も、長い時を共に過ごしたルーンさんがどうするかわかっているはずだ。

彼が優しいって、わかっているからこんなこと……本当に、最低な人。

「僕がフィオナを逃すわけないじゃないか。何が英雄だ……俺の女を横取りしやがって」

自分勝手な理屈を吐き捨てるように言ったエミリオ・ヴェルデは、これから何もかも自分が思う通りになると疑ってもいないようだった。

美しい金髪の先をつまらなそうに触っている聖女ベアトリス様は、私とシリルを離婚させるという目的さえ果たしてしまえば、何もかもどうでも良いのだろう。

彼女にとってはシリルを手に入れることができれば、国民の命だってどうでも良いことだから。

皆、勝手なことばかり言う。

私の気持ちなんて、誰も気にしてない。

どうにでも、自分の良いように操作できると、軽く見られている。

昔、何も知らない私は、何もかもを持つ完璧な男性に愛されれば幸せだろうと、そう思っていた。

けれど、本当にそうだろうか。

社交界の人気者で周囲から見れば理想的な求婚者のエミリオ・ヴェルデと結婚すれば、確かに皆の羨望《せんぼう》の的になるだろう。

それは、私が望んでいた幸せなのだろうか。

たとえ庶民出身の勇者だろうが、不器用でもシリルのようにどれだけ時間をかけても私をわかろうとしてくれて、何か誤解があればごめんねと言い合えるそんな関係を作ってくれる人の方が、私には合っていたみたい。

確かに、今の状況は絶望的なのかも。

一度正式にシリルとの離婚が成立したら、それをくつがえすことは難しい。

手回しの良いエミリオ・ヴェルデのことだから、すぐに私と結婚する準備は万端なんだろう。

誰が何を言っても、通らないくらいに。

けど、いつまでも何もできずに、怯えたままでなんて終わりたくない。

「……エミリオ・ヴェルデ。どんなに脅されても、私はこれから先、貴方を愛することはないわ」

社交界デビューした当時、目の前でおかしなくらい明るい笑顔をしているこの男に声をかけられて浮かれていた何も知らない自分に言ってあげたい。

『それは救いがたいほどのクズだから、気に入られないうちに今すぐに走って逃げなさい』って。

「何を」

自分の希望を聞くしかない状況に追い詰め、完全に下に見ていた私にそんなことを言われるなんて思ってもいなかったのか。

今まで不気味な笑顔をしていたエミリオ・ヴェルデは、ぽかんとした間抜けな表情になっていた。

あの夜。

もし、シリルに会うまでの私がここに居たなら、きっとここで彼の言うことを聞くだけしか能のない操り人形のようになってしまっていたはずだ。

だってもう、ここからの逃げ道はない。

けど、私は本当に伴侶として大事にされるということがどういうことなのかを知り、真正面から愛してくれるシリルに対しておそるおそるだとしても、愛するということがどういうことなのかを知っていた。

「貴方の要求通りに、シリルと離婚して貴方と結婚はするわ。けれど、だからといって、貴方を愛することは絶対にないから。それを、事前に言っておきたいの。後から話が違うと言われても困るし、どんなに脅されて体をいいようにされても、心は絶対に思い通りにはならないわ」

控えめな性格で大人しい私は一人では何もできないだろうと思っていたのか、聖女ベアトリス様もエミリオ・ヴェルデと同じような変な顔をしていた。

あら……自分たちと同じように私が考えることのできる人間であるということが、そんなに意外なことなのかしら。

もしかして、強い人間に従うことしかできない、優れた自分とは違う種類の人間だとでも思われていたの？

「……貴方との結婚式のドレスも、この前に注文した、シリルが私にと買ってくれたものを着るわ。あれが、私はとても好きだもの。本当は、彼の隣で着たかった。けれど、それが叶《かな》わないのならそうする……脅されて結婚した妻という役目さえ果たせば、あとは私の好きにさせてもらう。だって、私が本当に好きなのはシリルだもの……っ」

力も何もない自分のせいで抵抗することも何もできなくて本当に情けなくて、気がつけば頬にはいく筋も涙がこぼれていた。

「っ……フィオナ」

エミリオ・ヴェルデは怒っているのか、困っているのか、よくわからない青い顔をしていた。

こんな私を思い通りにしたいと、無関係な人たちまで巻き込んだくせに。

「……私の名前を気安く、呼ばないで！　それは私のことを何より大事にしてくれる両親が名付けてくれた、大事な名前なのよ。私のことを大切にしてくれる人にしか、呼ばれたくない……貴方になんか、絶対に呼ばれたくない！」

しんとした地下室に、私の涙ながらの叫びが響いていた。

みっともない？　なんだって好きなように、言えば良い。

だって、私は大事な人の命を盾に取られて、これからの自分の人生を捧《ささ》げることになるんだから。

言いたいことを、言わせてもらうわ。

「……私の心に居るのは、シリルだけよ。貴方に傷つけられた私を、愛してくれたのはあの人で、私のことを何より大事にしてくれたもの。傍から居なくなったからってその場所は貴方になんて、埋めることはできないの。こうして、決して逆らえない条件で脅して無理やり結婚したからって、私の心まで思い通りにできるなんて思わないで」

なぜか、皆何も言わないし動かない。

突然あまりにも感情的になりすぎた私に、驚いているのかもしれない。

けれど、こんな時に平静でいられる人なんて居ないと思う。

「言うことには、ちゃんと従うわ。だから、私以外にはもう手を出さないでほしい。けれど、絶対に愛することはないわ……私が愛している男性は、シリル・ロッソただ一人だけだもの」

「嬉しいな。俺もだよ。愛している。フィオナ」

すぐ背後から聞こえた声に、信じられなくて……驚いて振り向いた。

「……シリル？　嘘でしょう。なんで、貴方がここに居るの？」

ほんのすぐ近くに居たのは、今は仕事中で城の演習場に居るはずの私の夫だった。

泣いていた私を安心させようとしてか、にこにことしたいつも通りの笑顔に見えるけど、目の奥にはまぎれもない激しい怒りが見える。

「話は後だ。フィオナ。ごめん。十秒だけ、目をつむっていて。すぐに終わるよ」

彼は大きな手を私の目に当てると、目を閉じたのを確認してから、傍から離れたようだった。

私が彼の言った通りに数を数えている間に聞こえてきたのは、何かが破られるような大きくて高い音と、いくつかの悲鳴。

何が起こっているのかとても気になったけど、シリルの言う通りに大人しく目を閉じていた。

けど……どうして、シリルはここに居るの？

私はルーンさんが心配で探しに出て邸を留守にはしているけど、まだ誰かに心配をかけるような長い時間は経《た》っていないはず。

外出する私が一緒に連れていた御者や護衛騎士たちは、全員エミリオ・ヴェルデに捕まっていたようだったし……助けにきてくれて、本当に嬉しいけどどうして？

やがて、ふわっと体全体を包む熱を感じた。優しい匂いで夫のシリルだとわかった私は、彼の大きな体に抱きついた。

「シリル……シリルっ!!　こわかった。こわかった!!」

目を開ければ、やっぱりそこに居たシリルも、私をぎゅうっと抱きしめてくれて、落ち着かせるように背中を何度も撫《な》でてくれた。

「フィオナ。ごめんね。怖い思いをさせて。何もかも、俺のせいだ。ヴェルデ家とベアトリスには王に言って、厳罰を与えてもらうようにするよ……可哀想に、フィオナ。こんなに泣いて。辛《つら》かったんだね」

彼は私の頬に大きな手を当てて、難しい表情をしてそう言った。

「シリル。私……絶対に別れたくないっ」

これまで私は、ずっとシリルに対して遠慮がちだったと思う。

なぜかというと、やっぱりベアトリス様から逃げるという目的でもなければ、こんな私となんて彼には結婚してもらえないのだろうと思っていたから。

けれど、シリルと別れなければならないという、危機に直面して自分は彼のことがどんなに大切でどんなに好きかを……自分の気持ちを、本当の意味で理解することができた。

自分の好きな人に愛してもらえるという、人生で初めての喜びをくれた彼とこれからも一緒に居たい。彼と二人で、幸せになりたい。

絶対に、シリルと別れたくない。

どんなに美人でもどんな素晴らしいものを持っている人でも、私は負け戦だとしても挑んで……シリルを誰にも渡したくないんだって。

「え？　何の話なの。俺もフィオナが好きだし、こっちも別れたくないよ！」

そう言って顔を近づけたシリルは、私の顎を持って可愛いキスをくれた。

恋愛の最終到達点である結婚までしておいて、今更何を言っているんだと言われそうなんだけど、私はその時に夫シリルの顔を初めてまっすぐに見ることができたと思う。

吟遊詩人がその部分を強調して謳《うた》ってしまうくらいに、その顔は端正に整っているし彼の姿を見ただけで、一目惚《ひとめぼ》れしてしまう女性だって多いだろう。

けれど、今間近にある彼の青い瞳の中。

そこには、なぜ今まで気がつかなかったのだと思ってしまうくらいに、私への確かな愛情が溢《あふ》れていた。

どうして……彼が言葉に出さずとも、こんなにもはっきりと彼の瞳に見えているものを私は疑えたのだろう。

私が好きなシリルは、私のことを好きだ。

二人の間にある気持ちを疑う余地なんて、何もないくらいに。

「……おい。そろそろ、もう良い？　そちらのお熱い新婚夫婦。優しい俺は空気を読んで、だいぶ待ったつもり」

言葉もなくじっと見つめ合っていた私たち二人にいい加減しびれを切らしたのか、ルーンさんの声がした。

あ。いけない。そうだった。

さっきまで、逃げられない場所にまで追い詰められた私は、絶望的な気持ちでいたのに、シリルが助けにきてくれたことが嬉しすぎて、この場になぜ自分や彼らが居るかを忘れてしまっていた。

「わ！　ルーンさん！　結界から、出られたんですね。良かった！」

声がした横の方に目を向けると、渋い表情をしていたルーンさんはなぜか扉の方を指し示した。

「おい。フィオナはこの部屋の中を、何も見るなよ。シリルは敵に対し人の心を持たないから、そういう奴だから……世界最強の勇者に、選ばれているから」

確かにシリルはさっき、私に十秒目を閉じていてと言った。

彼は私にそれを見せたくないから、そう言ったんだ。

今は私を抱きしめているシリルの大きな体が視界のほとんどを占めているけど、その向こうに見える光景は……ううん。それだけのことをしようとしたし……物を知らない私だって世の中が、綺麗事《きれいごと》だけで済むなんて思っていない。

この地下室の中で、どんな惨状があったとしても。それはエミリオ・ヴェルデ本人の悪意が、そのまま彼に返ってきただけ。

「ルーン。ごめん。助けに来るの遅れた」

悪気のない笑顔でシリルはにこにこ笑って、私の体を入り口の扉の方向へと向けると、肩を抱いて歩き始めた。

反対側の私の隣を歩くルーンさんは魔力を吸い取られて気だるそうではあるけど、足取りもフラついていないし見たところ怪我もなさそう。

私のせいで閉じ込められていたルーンさんを助けられて、本当に良かった。

「チッ。遅れてきて、良いとこ取りかよ。こっちは嫌な役やらされたわ。魔力もほぼない。お前、大丈夫なの。ベアトリスの張っていた国全体の結界を、一人で肩代わりするとか」

そういえば、ルーンさんが入っていた結界を彼が内側から壊してしまうと、聖女の張る国全体を覆っている結界にもほころびが出来るから、国民に被害を与えたくない彼はずっと脱出するのを我慢していたって言っていた。

「……うーん。俺にもやってやれないことはないと思っていたけど、想像以上にキツい。ルーンの魔力って、これ手伝えるくらいまでどの程度で回復する？」

私の肩を抱きながら階段を上り始めたシリルは、そんなことを思っているなんて信じられないくらいに飄々《ひょうひょう》とした余裕のある態度だった。

「すぐは無理。半日は要る……ベアトリスの奴、容赦なく限界まで魔力を吸い取りやがって。魔塔を出て王の命令を聞かなくて良いなら、あいつとは絶対に会わない。もう二度と……絶対にだ」

寄り添っている私たちの前の狭い階段を進んでいるルーンさんは、苦々しい表情で吐き捨てた。

この前にも彼は、ベアトリス様には王の命令だから仕方なく会うと言っていた。

聖女ベアトリス様のわがままぶりを目の当たりにした私だって、彼の意見に賛同したい。

できるならば、一生会いたくない。あの人と会えば、絶対に嫌なことしか起こらない。

「俺も賛成。だが、今回は明らかにやりすぎたから、父親のヴィオレ伯爵も庇《かば》いきれないんじゃないかな。自分の欲のため人の命を盾に何の罪もないフィオナを脅すなんて、あまりにもひどすぎる」

眉を寄せたシリルはさっき地下室であったことの怒りが、収まりきらない様子で話していた。

あ……シリルって、いつからあの場所に居たんだろう？

「どうかねえ。あの娘にして、そんな親ありだ。可愛い娘の悪事を圧力かけて有耶無耶《うやむや》にして終了なんて、いくらでもあっただろ。政治的に穏健派だったはずのフィオナの父ノワール伯爵が、横暴な要求ばかりのヴィオレ伯爵に表立って対抗するにはわけがある……あの王さえ、もっとしっかりしてくれたら」

大きくため息をついたルーンさんに、シリルは苦笑して言った。

「……まだ、若いからね。俺たちより、年下だ。経験も少ないのに彼に完璧を求めるのも、可哀想だ」

「立場的にそんな甘いこと言っていて良いのか、わからないがな……おいおい。なぜか知らないけど、鍵が外側からかかってるな。お前、どうやってここを入ってきたの？」

ようやく長い長い階段を上りきり、外に出られると思った時に、扉を開けようとしていたルーンさんが、また舌打ちをしたのが聞こえた。

「俺は、普通に入れたよ。その後で誰か閉めたんじゃない？」

どこに閉じ込められていたとしても彼さえ一緒に居てくれれば絶対に大丈夫だと安心感をくれるシリルは、なんてこともないように言った。

ルーンさんがなんとか外からかけられた鍵を開けようとしている間に、私はシリルに気になっていたことを聞いてみることにした。

「……ねえ。シリル。どうして、ここに私が居るってわかったの？」

シリルは、彼の顔を見上げている私に優しく微笑んで言った。

「ああ。ジャスティナ嬢が必死の形相で、仕事をしていた俺を呼びにきたんだ。君が結婚してからエミリオ・ヴェルデの様子が明らかにおかしいと思っていた彼女は、彼が執着していたフィオナに何かするんじゃないかと、気が気でなかったらしい。だから、自ら彼をずっと見張っていて、フィオナが攫《さら》われたと教えてくれたんだ」

「嘘……ジャスティナが？　なんで」

自ら見張るって……ジャスティナ。嘘でしょう。

今は社交シーズンで婚約前の令嬢にとっては求婚者を募るため、将来のために一番大事な時期なのに何をしているの。

私が信じられないと呆然としていると、シリルは言葉を重ねた。

「なんでって……君たちは、誰よりも仲の良い親友だからじゃないの。きっと口の上手い悪い男に騙《だま》されて、お互いに何個か誤解はあったと思うけど……ジャスティナ嬢が君のことを大事に思っていたことは、俺が今ここに居ることで証明されていると思うけど」

「ああ……そんな」

エミリオ・ヴェルデがいつ何をするのかなんてわからないから……きっと、大変だったと思う。けれど、朝も夜もジャスティナは私を心配して、見張っていてくれたんだ。

あの人が私を狙っていることを、知っていたから。

「……おい」

不意に聞こえた声に、私とシリルは前を向いた。

彼が鍵を開けてくれたみたいで、扉の外には既に暗くなった空が見える。

「ルーン。鍵が開いたのか？」

「うん。まあ、扉は開いた。開いたけど……新たな危機、到来だ」

シリルと私は外へと進み出たルーンさんを追って、前へと進んだ。

空に浮かぶ大きな顔を見て、息を呑《の》んだ。

魔物の種類も何も知らない私にもあれが、何かを理解できる。

禍々《まがまが》しい気配を放つ、人にとってとても良くないものだ。

「ベアトリスが張っていた結界を、俺が張り直す一瞬のうちに入り込んだか。魔王宮クラスの魔物が王都にまで侵入するのは多分歴史上初になるのかな。うん。まあ、今あれを相手にするのは、流石《さすが》に無理かな」

「……最近、守護結界が不安定だったから、多分近くで入り込む機会をうかがっていたんだな……勇者シリルは慣れない守護結界張って役立たずだし、魔法使いの俺も魔力がほぼなくて役立たず。揃いも揃って役立たずの英雄なんて、笑えないな」

　空に浮かぶ伝説の邪神のような大きな顔を見上げていた私は、この国の存亡の危機を前にして、まるで雨が降り出したねといった暢気《のんき》な口調で話す内容が信じられなかった。

「……国全体の守護結界を、一回外す？　この後を考えなくて良いなら、シリルなら全力で一分あったらいけるだろ？」

「いや。ここで俺がベアトリスの代わりに結界を張るのを止めたら、この国がまず滅びるけど……大丈夫？」

　二人だって、そんなわけにはいかないだろうとわかりつつ話し合っているのか、微妙な表情で顔を見合わせへらっと微笑み合った。

　待って……え。待って！

　もうすぐ、国が滅亡しそうな緊急事態なのに……二人とも、どうしてこんなにも落ち着いてるの？

「んー……地下で倒れているベアトリスも、シリルの攻撃を防ぐのに防御特化の結界張るだけで精一杯だったみたいだからな……多分。起こしても無駄だなー」

「一応は女の子だから、手加減はしたよ？」

「ははは。一応な。一応……確かに、地下室に転がってる他の奴らよりかはマシな様子だったな」

「まっ……待って！　二人とも、なんでそんなに……動じてないの？」

強い危機感を感じている私は我慢しきれずに、聞いてしまった。

一人だけ慌てている私の言葉を聞いて二人は目を合わせて、同時にため息をついた。

「……もう、これは仕方ないよな？　ルーン。一人を召喚するならいける？　余っている魔力を、そっちに回せないこともない」

「なんとか……あれが完全に片付かないと関わらない約束なのに、気が引けるけど……これは緊急事態だし、仕方ない。これはもう。うん」

「うんうん。仕方ない。王都っていうか、国がなくなるかの瀬《せ》戸《と》際《ぎわ》だから。あいつを喚《よ》び出そう。俺たちの友情より、王都に住む住人たちの命の方が大事だ」

「……仕方ないよな。うん。仕方ない」

二人の行き先不明な会話は続き、私には理解できないままで、ルーンさんは可愛い顔に似合わない低い声で呪文の詠唱を始めた。

ちなみにルーンさんは最高位にある魔法使いなので、ほとんどの呪文は詠唱不要らしいんだけど、今から使う魔法は特別に難しいものなんだろう。

近くの地面に大きな魔方陣が瞬時に描かれて、複雑な文様の線から紫色の光が漏れ始めた。

「フィオナ。心配しなくても、もう大丈夫だよ」

にこっと微笑んだシリルは、こんな危機的状況にもかかわらず絶対大丈夫だと疑ってもいない様子だった。

「シリル。誰を召喚するの？」

そこがわからないと、私は永遠にこの事態を理解できない。

「うん。俺たちの、心強い仲間の一人。実はこいつが俺より、魔王討伐の旅の間、ベアトリスの被害を受けていた男なんだ」

「え……？　シリルよりもって、誰なの？」

ぽかんとした私が彼の答えを聞く前に、魔方陣の真ん中に難しい表情を浮かべた長身の男性が立っていた。

彼は短い赤い髪に、金色の目。背中にあるのは、高い背丈の半分ほどもある大剣。

私の夫のシリルは王子様といっても不思議ではない容姿だけど、この人は対照的に鋭い目つきに精《せい》悍《かん》で危険なワルっぽい雰囲気を漂わせている美形だった。

「……やあ。ライリー」

シリルがにこにことして手を振って微笑めば、ライリーと呼ばれた彼は難しい顔をして確認するように言った。

「ベアトリスの件は、片付いたか？」

「……いや、実はまだ……」

真っ先に気になる様子の彼に言いにくそうにシリルが答えれば、男性三人の間に気まずい沈黙が落ちた。

「……何やってんだよ！　俺が旅の間、ベアトリスにどれだけ苦労したと思ってるんだよ！」

ライリーさんがイライラと言えば、ルーンさんは、はあっと大きなため息をついてから言った。

「あの旅の間、一番負担をかけたライリーには悪かったと俺たちだって思ってるよ。だから、命の危険が迫る今まで、お前を呼ばなかったじゃないか」

「……命の危険？」

「上空見てよ」

ルーンさんが上を指差して、空に浮かぶ大きな魔物を指し示せば、眉を寄せた彼はこともなげに言った。

「あの程度……すぐに倒せば良いじゃないか。勇者と魔法使いが二人揃ってぼーっと突っ立って、何をしているんだ？」

「色々あって、シリルはベアトリスの代わりに国を守る広範囲の守護結界張っているし、俺は魔力を限界まで吸われてる。今ここで頼りになるのは、お前だけだ。剣聖ライリー」

「なんだよ……その何があったか、くそ気になるよくわからない状況は。仕方ない。少し待ってろ。後で事細かに、詳しい事情を聞かせてもらうからな」

そう言った彼は特別な予備動作もなく、空へと舞い上がった。

ふわりと宙に浮いて、上空へと高く上がっていく。

彼を追うように何の足場もないはずの空を走っていく大きな赤い虎は、以前に見たシリルの白い竜のように実体はなく燃え盛る火で形作られているようだ。

すっ……すごい。ルーンさんも空を飛んでいたけど、彼らはこんな風にして魔物と戦ってたんだ。

やがてキーンと高い音が辺りに響き渡れば、上空で魔物と相対したライリーさんが背中にあった大剣を抜いているのが、かろうじて見えた。

「ああ。良かった……ライリーが、そこまで怒ってなくて」

ほっと安心して胸を撫で下ろしたシリルの言葉に、ルーンさんが微妙な表情を浮かべ頷いた。

「今回の件で自分へ攻撃した優しいはずのシリルを諦めたベアトリスが、ライリーと結婚するとか言い出さないと良いけどな。俺もまだ魔塔との契約期間残っているし、王が今度はライリーを捜してこいって命令されたら聞かざるを得ないし」

魔塔と契約している魔法使いには厳格な決まりが定められているらしく、そこに所属しているルーンさんは契約魔法で縛られている。だから、雇用主である王からの要請があれば、どんなに嫌でも聞かないといけないらしい。

「あの……？　ルーンさん。これってどういうことですか？　ベアトリス様って、シリルのことが好きだったんじゃなかったんですか？」

さっき二人が交わしていた謎の会話が、ライリーさんを喚び出すことを示していたのは理解できた。けれど、ベアトリス様がシリルと結婚することを諦めたら、なぜライリーさんが次に狙われることになるの？

確かにライリーさんも、シリルとは全く方向性が違うけど、やはり女性が好むような美形ではあったけど……。

「……ベアトリスはね。冒険の間ずっと、恋人ならライリー結婚するならシリルって、言ってたんだよな……冒険の間は結婚できないし恋愛期間って思ってたのか、一番に迷惑被っていたのが、さっきのライリー。決定的な言葉を使わずに逃げ回った。結婚向きのシリルと結婚するのが無理だったら、多分次はライリーだろうな。はー、まじ良かった……ベアトリスに、好まれなくて」

　しみじみとそう言ったルーンさんは、別に皮肉のつもりでもなんでもなく、言葉通りに心から思っているようだ。

「えっ……嘘。男性二人ともから、チヤホヤされたかったんですか？」

　ベアトリス様。すっ……すごい。乙女側の気持ちとしては、そういう気持ちもわからなくないけれど……私にはそんなことをあけすけに希望するなんて、とても無理。

「うん。周り中魔物だらけの中でベアトリスに機嫌を損ねられたら、俺たち回復もろくにできずに、あんな感じの魔物と戦うことになるからさ……魔王討伐の旅は命懸けだったよ。文字通りに」

　驚きすぎて言葉も出なくなった私に、シリルはどこを見ているのかわからないくらいに遠い目をしながらそう言った。

　しんみりした雰囲気の中、何か言わなきゃと思った私は、ずっと肩を抱いていてくれていた彼を見上げて言った。

「ねえ……シリルって、結婚向きの人だったの？」

「うん。ベアトリスから見ると、そうだったみたい……けど、俺はちゃんと良い恋人にだってなれるよ！　フィオナ相手なら……というか、フィオナ限定で！」

もしかしたら、ベアトリス様に恋人として付き合うならライリーさんと言われていたことが心のどこかに引っかかっていたのかもしれない。

シリルは、慌ててそう言った。

「ふふ。私たちは恋人になるより結婚証明書を出す方が、先だったもの……恋人からよろしくお願いします。シリル」

「うん。ゆっくり距離を縮めよう……うん。そうだよ。まだ、十ヵ月間も……あるからね」

なぜかさっきより遠い目になってしまった夫が不思議で、私は首を傾《かし》げた。

ライリーさんの大剣から繰り出される攻撃を受けていた魔物は、短時間でみるみるうちに小さくなり、やがて跡形もなく消滅してしまった。

勇者のシリルだってそうだけど、魔法使いルーンさんや今回初めて会った剣聖ライリーさんは、世界でも最強と目される人たちなんだと今更ながらに実感した。

私たちはなんなく魔物を倒し、地上に降り立ったライリーさんと合流して、とりあえずロッソ公爵邸に戻ろうと、シリルが乗ってきた馬車がある場所へと歩いて向かった。

今ヴェルデ侯爵家に到着したらしい治安維持専門の王都騎士団の責任者が、何があったのか詳しい事情を知りたいと言ったので、先に捕らわれていた被害者でもあるルーンさんが手を上げて彼から説明することになった。

シリルに知らせたその足で、ジャスティナがこちらの騎士団にも通報してくれたらしい。

先ほど王都へと召喚されて何が起こっていたのか、まだよくわかっていないライリーさんも、説明があるならちょうど良いと騎士団本部へと向かうルーンさんと同行することになった。

そして、シリルと二人で先に邸へ帰ることになった私は、ロッソ公爵家の馬車に乗る直前に幼い頃から見覚えのある紋章をつけた馬車を見つけた。

その途端、私はそちらへと走り出していた。

すると、馬車の扉が勢いよく開いて、ジャスティナが飛び出してきた。

久しぶりに見たジャスティナは、お洒落な彼女らしくなく、動きやすい飾り気のないドレスを着ていた。

「……フィオナ！　ああ。フィオナ、無事で良かったわ。怪我もなくて、本当に良かった」

嬉し涙を浮かべるジャスティナの柔らかい体を抱きしめて、彼女がどれだけ私のことを心配してくれていたのかを知った。

「ジャスティナ……ありがとう。貴女《あなた》がシリルを呼んできてくれたんでしょう？　あの時にシリルが来てくれなかったら、私……」

それを思えば、本当にゾッとした。

エミリオ・ヴェルデの思惑通りにすぐにシリルと離婚させられて、彼と結婚させられたとする。

そんな彼は私と前夫のシリルを、絶対に会わせたくはないはずだ。ヴェルデ家の妻となった私が心身の療養だと称して姿を消していれば、王にもノワール家にも手は出せなくなる。

そんな風に無理やり結婚させられて行方不明になったり、幽閉されたりしてしまう悲劇的な話は、嘆かわしいけど、いくつか耳にしたこともあった。

心配する家族は誰が書いたかわからない手紙を見せられ生きている証拠だと言われ、どこかに閉じ込められた私は生きているか死んでいるかもわからない存在へと成り果ててしまうだろう。

彼女のおかげで、それを回避することができた。

「ううん。いいの……私がしたことに比べれば……本当にごめんなさい。フィオナがこれまでに、どれだけ傷ついたかを思えば、私には何の言い訳もできないわ」

「……ジャスティナ」

ジャスティナは常に凛《りん》として堂々としていた彼女らしくなく、憔悴《しょうすい》した様子で肩を震わせて泣いていた。

あのエミリオ・ヴェルデが長い時間や多くの手間をかけて、私のことを自分の思い通りになる存在にしようと企んでいたことを、今では知っている。

彼がそれをするためには、まず最初に上手く言って取り込まなければならないのは、私の幼馴染《おさななじ》みで親友のジャスティナだった。

私も彼を気に入っている様子だしと、両想いの二人を橋渡しするのならと、彼からの頼みを軽く引き受けたジャスティナは、ここ一年の間に何度か違和感を抱いていたはずだ。

けれど、自分を心から信頼している私には、それを言えなかった。

あまりにも私が彼女のことを褒めていたから、これではガッカリさせてしまうかもしれないと思い、何もかも打ち明けることが怖かったのかもしれない。

ジャスティナはたくさんの美点を持っているけれど、もちろん欠点だってある。

もし彼女を親友だと思うのなら、私はそういう悪いところだって受け止めるべきだった。

私たちは若くて未熟で……まだまだ人生において学ばないといけないことが、多いのだから。

「あの……ジャスティナ」

呼びかけると彼女は肩をびくんと震わせて、泣きながら私の目を見た。

ジャスティナの恐れを抱く目を見て、私は彼女が何を恐れていたかを理解した。

ジャスティナは親友の私を失ってしまうのが怖くて、だから、何度もおかしいと思いながらも、私に何も言えなかった。

過去に間違ってしまった人を、切り捨てることは簡単だ。

けれど、そこに私への愛情があれば？

「……私。ジャスティナが私のことをどれだけ大事に思ってくれたかを、ちゃんと理解したわ。シリルから聞いたの。私に何かするかもしれないって、彼をずっと見張っていたんでしょう。結果的にあのエミリオ・ヴェルデに騙されてしまっていて……それを、私には言えなかったことも、ずっと辛かったのね」

「フィオナっ……」

誰もが褒めそやす美しいジャスティナは、小さな子どもみたいに顔をぐちゃぐちゃにして泣いていた。

幼い頃から一緒に居た私は、ジャスティナが実は不器用な性格で、精一杯努力して今の姿があることを理解してあげなければいけなかった。

「……ごめんなさい。私……あの時、信じていたジャスティナに裏切られたと思って、ひどいことを言ったわ。けど、私だってこんなに大事なジャスティナのことを……居なくなってしまったら良いのにって思ってた。そうしたら、私にも目を向けてくれる人が居るのにって……」

それは、まぎれもなく私の犯した大きな間違いだった。

彼女は勇気を出して私に自分が間違っていたと真実を教えてくれたのに、私はそれを受け止めきれなかった。

「やっと……私に本音を言ってくれたわね。フィオナ。けれど、全部誤解だわ……エミリオ・ヴェルデがあんな風に手を回さなかったら、フィオナはきっと人気者になっていたはずよ」

もし、そうなっていたら、なんて。そんなことを思うのは、本当に無駄だった。

なぜなら、私は今現在、とても幸せだもの。

もしもという選択肢を欲しがるのは、現状に満足できていない人だけだと思う。

今が幸せならば、それで良いと思えるもの。

「ふふ……どうかしら？　中途半端に男性に声をかけられても人気者の幼馴染みに嫉妬して、もっともーっと！　嫌な女になっていたかも」

肩を竦《すく》めて彼女の前で見せるいつもの私のようにそう言えば、涙を浮かべていたジャスティナはくすくすと笑い出した。

「それを言うなら、親友の危機を知らせなかった私は、稀代《きたい》の悪女になってしまうわ。けど……フィオナ。あんなに素敵な旦那様は、きっと世界に一人しか居ないわね？」

そう言って彼女が目配せをしたので、私の背後に居て待っていてくれている人を示したのだとわかった。こうしている私たち二人を見ている彼が、どんな表情をしているのかも。

「それはそうよ。だって私の夫のシリルはこの前に世界を救ってくれた……たった一人しか居ない、勇者様だもの」

◇◆◇

「……フィオナは、良い友人に恵まれたね」

後から馬車に入ってきたシリルは車窓からジャスティナに手を振っていた私に、にこにこしてそう言った。

「そうね。そう思うわ。シリル。誰だって、嫌な部分や間違ってしまうことはあるけど……ジャスティナはちゃんと謝ってくれたし、こうして時間や手間をかけて私への愛情を示してくれた。だから、すぐには何もかもしこりが消えて解決できるわけではないけど……ゆっくり、わかり合っていきたいと思えるもの」

やがて馬車は動き出し、流れていく風景を見ながら、私はそう思った。信頼は確かに積み重ねていくものだけど、間違いを犯さない人なんて居ない。周囲の誰が何を言おうと私とジャスティナの両方が許し合いたいと思って続くのなら、それが二人の関係なのだから。

「良いね。俺もフィオナと、そういう夫婦になりたい。長い時を一緒に過ごせば、嫌なところも出てくるだろうけど……喧嘩《けんか》をしたとしても君への確かな愛情があればわかってもらえると思えば、気持ちは楽だから」

「でも……シリルに、嫌なところなんてあるの？」

だって、何もかもが完璧な恋人で夫に思えているのに。

私は素直にそう思ったんだけど、シリルは微妙な表情になって大きく息をついた。

「あるよ。いっぱいあるよ。勇者だし憧れの存在であらねばならないから、国民の前では良い顔してるけど……妻のフィオナの前では、本来の俺で居たい」

「……そういえば、ルーンさんがシリルって寝相悪いって言ってた」

確かルーンさんが、前にそんなことを言っていたと思い出した。

けど、そういう部分も可愛いと思ってしまうので、すでにシリルを大好きになってしまった私は何でも許せると思えてしまった。

だって、寝相が悪いのをこの目で見たとしても、あら可愛いなで終わってしまう。

「え。待って！　それは、もう俺の努力でどうしようもなくない？　……っていうか、あいつにどこまで聞いたの？　やめて！　俺の話は、俺から聞いて！」

慌ててそう言ったシリルがとても可愛くて、私は思わず吹き出して笑った。

◇◆◇

「つ……フィオナ。どうしたの？」

湯浴みを済ませた私が隣にあるシリルの部屋を訪ねれば、扉を叩いたのが私だと思っていなかったのか、とても驚いた様子だった。

彼もそろそろ寝ようと思っていたところだったのかもしれない。いつもは整えられている髪が、洗い立てで下ろされていた。そういった姿を見ると幼く思えて可愛い。

「ごめんなさい……シリル。私、なんだか眠れなくて。眠るまで一緒に居ても良い？」

今日色々とあった私は、眠ろうとベッドの中に入っても興奮がおさまらずに、なかなか寝つけなかった。

私の不安を聞いて、彼は微笑んで中へ入るように示した。

「うん。良いよ。そうなってしまうのも無理もないよ。今日は色々あったもんね」

そうして、初めて入った夫の部屋は、物が少なくて驚いてしまった。

私の部屋には結婚前からのお気に入りの物や、家族の肖像画が飾られているけれど、彼の部屋には奥の壁に一本の剣が立てかけられているだけだった。きっとあれが、シリルの言っていた聖剣エンゾだ。

私をシリルに彼のお嫁さんに良いよとお勧めしてくれたらしい、とっても良い聖剣。

「……シリルの部屋って、何もないね」

私は奥にあったソファへと腰かけながら、隣に座った彼に部屋を見た素直な感想を言った。

「……あ。うん。そうだね。俺は元々冒険者だったから、これまでずっと旅続きだったし……物を増やすことに、どこか抵抗感があるんだ。けど、今は定住できる邸を持っているし、色々とお気に入りの物を増やしていきたいな……」

そう言いながら何気なく私の腰に手をかけてきたので、シリルの大きな胸へと自然ともたれかかった。驚くほどに安心できるその場所を知ってしまったら、もう手放せなくなってしまいそう。

こうして結婚だってしていて、夫は私のことを好きだと確信しているのに、なぜか誰かに取られてしまわないかと不安になってしまうのだ。あまりにもシリルが、素敵な人だから。

「ねえ。シリル」

「……何？　フィオナ」

彼はいつの間にか洗い立ての私の髪の中に顔を埋めていたのか、くぐもった声で言った。

「なんで……キスも、してくれないの？　私たち、二回しかしてない」

ぶふっと大きな息を頭に感じて、私は後ろから抱きしめてくれている彼の大きな手に触れた。

「おっ……俺だって、別にしたくないわけじゃないよ！　まだ俺たち結婚式してないし、フィオナが妊娠したらいけないから、俺だって遠慮してたんだ……ドレスは、可愛いの着せてあげたいし」

「キスしても、妊娠しないわ。シリル」

箱入りの令嬢だからと、何も知らないと思わないでほしい。

私だって彼としかるべき行為をしなければ、子どもが出来ないことは知っているのだ。

拗《す》ねた口調で言った私に、後ろに居たシリルは喉を鳴らしたようだった。

「そっ……そうだよね。うん。キスはしないんだけど……キスは確かに妊娠しないよ？　その先の行為に、色々と問題がありまして……」

「それをしなければ、良いでしょう？」

何を当たり前のことを言っているのだろうと私が後ろにある彼を見上げたら、シリルの顔は真っ赤だった。こういう何でもないようなことで、彼の私への気持ちを実感できるのは、幸せなことだ。

力強い腕で横向きに抱え上げられて彼の顔が近づいてきたと思ったら、くちびるにあたたかなものがそっと触れた。何回か触れると呆気《あっけ》ないくらいに、すぐに離れていった。

「……俺だって、キスしたくないわけじゃないよ。フィオナ」

ぎゅうっと私の体を抱きしめてそう言ったけど、彼の言いようが不満だった。

「私はキスしたいわ。シリル」

「うん……ごめん。頭の中で理性の天使と欲望の悪魔が闘っているから、とりあえず話を変えよう」

「……どちらが、優勢なの？」

「悪魔が強くて、本当に困ってる……ねえ。フィオナ。君は街頭に立って困っている俺を助けてくれた。これまでは愛情表現が足りなかったかもしれないから、俺ももっとわかりやすく君を愛していることを表現するようにする」

そう言って何度か髪にキスはしてくれるけど、キスをするだけなのにどうして天使と悪魔の話になるのかが、私にはわからない。

「ねえ。シリル。今日は、一緒に寝てほしい」

私が甘えるようにそう言ったら、シリルは目を細めて不思議そうな顔になった。

「え。フィオナ……ごめん。願望が聞こえた、幻聴かな？」

「もう……幻聴ではないわ。今夜は一緒に寝てほしいって、そう言ったの。今日は眠れそうもないから、一緒に居たいの」

シリルははーっと大きく息をついて、何度か頷いた。

「……怖かったもんね。わかってる。わかってるよ。俺はフィオナを愛しているから、なんでも……なんでも、耐えられるよ……あ。ごめん。とりあえず、一回冷たい水を浴びてきて良い？」

「え……？　どうして？　シリルはさっき、お風呂に入ったところではないの？」

彼の髪は見るからに洗われた後だし、湯上がりの様子だった。

ここからまた、冷水を浴びなければならない理由ってあるの？

シリルはなぜか、心底不思議に思った私の言葉にうるっとした目になった。

「……うん。ごめん。お願い……すぐに戻るから……本当にすぐ……」

◇◆◇

「どうして……あの時に、私はシリルが見えたのかな……視界が悪い雨の日だったのに、シリルだけはっきり見えた気がしたの」

「ん？　……俺が、看板持ってお嫁さん募集していた時？」

邸の主人に相応《ふさわ》しいほどの大きなベッドの中でシリルは私の体を抱きしめつつ、そう言った。

先ほど冷水を浴びて戻ってきた彼は、かなり体が冷えていた様子だったけど、先にベッドに入っていた私を抱きしめてだいぶ温まってきた。

「いつもなら、絶対に気がついてなかったと思うんだけど……あの時は、馬車の中から、シリルの姿が見えて気になって……」

安心できる場所で眠りにつけると思えたせいか、うとうととしてきた私は目を閉じてそう言った。

あの時のシリルはやけにも見える必死さで、逆に通行人たちに引かれて無視されていた。

そこに偶然馬車で通りがかり、落ち込んでいた気分を少しでも気を紛らわせたかった私が、彼の姿に目を留めた。

「フィオナは、俺と出会ってこうして結婚したことは、奇跡みたいな偶然が重なったと思っていると思うけど……俺は人の出会いって、全部そういうものだと思うよ」

「……どういうこと？」

「誰かとの出会いに、良いも悪いもないだろ？　世界にはこんなにも人が溢れているのに、そこで出会えた一人と結婚できたのなら……それは、全部奇跡と言えると思う。だから俺たちの出会いって、形的には珍しいかもしれないけど特に特別でもない。夜会で俺がフィオナを見かけて、一目惚れしてダンスに誘うのと同じってこと」

「何、言ってるの。シリルが私に、一目惚れなんて……しないよ」

目を閉じてふっと笑った私の体を、シリルは抱きしめた。

「するよ。別に俺もエンゾからフィオナは俺にピッタリだって言われただけで、好きになったわけじゃないし」

「うん。わかった……明日の朝は……シリルが寝相悪いの、見られるの楽しみだな……」

「うん……俺は眠れないけど……よく寝て……寝相は、また結婚式終わってから楽しんで……あれ？フィオナ……もう、寝ちゃったのか」

私は本当にもう眠くて……眠くて。自分が何を言っているのか、わからないくらいになっていた。

本当に色々あって体も疲れていたし、今は夜で、とっても安心できる場所で、もう眠ってしまわない理由がわからないから……。

第四章　求婚者

「……それでさ。ベアトリスは王都を重大な危機に陥《おとしい》れたってことで、娘に甘いヴィオレ伯爵もカンカンに怒ったらしい。王も今回の件は厳罰に値するってことで、許しがあるまではあいつ神殿を出れず謹慎だってさ」

昨夜から長くかかった事情聴取から帰ってきたルーンさんとライリーさんは、私たち夫婦が朝食を終えて庭園でお茶をしているところに合流した。

疲れていたルーンさんだけど、シリルが容赦なく昏倒させた聖女ベアトリス様とエミリオ・ヴェルデが連行されるところまで気になって見てきたらしく、彼らにくだされる処分についても聞いてきたようだ。

ベアトリス様については世界救済の仲間であるルーンさんを身勝手な理由で結界に閉じ込めたことと、結果的に守護結界を張れなくなって強力な魔物が王都にまでやってくる危機を招いたことが大きく問題視されていた。

今までのように、国を守る聖女だからと特に優遇されて、わがままいっぱいには生きられなくなってしまうらしい。

「あと……ヴェルデ侯爵は、一人息子の嫡男を捨てた。体の怪我《けが》が治り次第、貴族としての特権をすべて剥奪の上、国外追放だと……」

ルーンさんは眉を寄せて言いにくそうに言ったけど、これは貴族の家ではよくあることだ。

問題のあった人間を、トカゲの尻尾を切り落とすようにして縁を切り、捨ててしまう。

そうすれば、名のある貴族という本体は、取り潰されること……殺されてしまうことを、まぬがれるから。

「……あの人にとっては、それが一番辛《つら》いことでしょうね」

私はそう思った。生まれてからこれまで社交界では名のある侯爵家の跡継ぎ息子だと誰からも羨望《せんぼう》の眼差《まなざ》しで見られ、何不自由なく生きてきた人だ。

贅沢《ぜいたく》に慣れた彼が何も持たずに、生家ヴェルデ侯爵の名前も力も及ばない国外に放りだされるなら、彼にとっては一番の罰になることだろう。

「そうかもね……フィオナは、これで納得できる？」

シリルに静かに問われて、私は自分がどうしたいのかわからなくなった。

「あの人には嫌なことをされて、その時には本当に嫌でしたけど……彼自身については、もう何も。何の感情もありません。どこかで、幸せになれると良いと思います。私が今、幸せだから」

「そっか。そうだよね……」

怪我が治れば国外追放されるはずのエミリオ・ヴェルデについては、もう顔を合わすことも話すこともないだろう。

二度と会わない私には、その後は関係ないことだし、彼が望むような人生を送れば良いと思う。

その時、ロッソ邸に来た時から無言だったライリーさんが、なぜか私をじっと見ていることに気づいた。

私もそんなライリーさんの金色の目と視線を合わせたけど、何かしら。彼は私に何かを、言いたがっている……？

「あれ？　フィオナ。ライリーみたいな顔が好きなの？」

何か用があるのだろうかと、ライリーさんを見ていた私に不意にルーンさんが質問してきたので、咄嗟《とっさ》に本人が目の前にいるのに答えてしまった。

「え？　あ。ライリーさんですか？　格好良いですよね。ワルっぽくて野性味があるというか……」

「じゃあ、これは？」

そう言われてルーンさんを見ると、さっきまでとても可愛《かわい》い顔をしていたはずのルーンさんが、いきなり色気したたる大人の男性になっていて驚いた。

長めの黒い髪によく合う、涼やかな黒い目。

けれど、さっきまでの可愛いルーンさんが成長した姿だと納得できてしまう近似性。

ルーンさんは魔法使いだから、きっと自分の姿を自由に変えられるんだ。

「わ！　え。これって、ルーンさんの成長した姿ですか？　素敵です！　でも、これだと、ベアトリス様に追いかけられてしまいますね」

「……ベアトリスのくだりは、褒め言葉でも何でもないから。おいおい。前に注意したことを忘れた？　夫以外の男は、もう褒めないはずだろ？」

「ふふ。そうでした。ごめんなさい」

私とルーンさんが仲良く話をしている間に、なぜかシリルがすっくと立ち上がった。

「ライリー。俺の妻に、何か言いたいことがあるのか？」

挑むような眼差しとその言葉に、ライリーさんも立ち上がった。

そして、私の方を見て言った。

「フィオナ。俺と結婚しよう」

「……え？」

いきなり何を言い出すのかとぽかんとした私をよそに、ライリーさんは言葉を続けた。

「ルーンから話を、全部聞いた。シリルがベアトリスから逃げられたのは、フィオナのおかげだと。シリルと出会って一日で結婚を決められるなら、俺でも良いはずだ」

「いや。君は誤解してる。ライリー。別にそれだけで、俺たちは結婚してないよ。フィオナを一目見て可愛いって思ったし、エンゾだって、俺みたいな男には彼女はピッタリだって言ってくれたし」

「ヴィオレ伯爵と正面から対抗できるノワール伯爵の年頃の娘は、フィオナひとりだけだよ」

シリルはライリーさんが何かを誤解しているらしいと、さとすように言った。

「おい。ルーン……」

眉を寄せたシリルがルーンさんに咎《とが》めるように言うと、彼は肩を竦《すく》めて淡々と言った。

「俺。どっちとも仲良いし、どっちの味方でもないし。その程度のフィオナの情報なんて、調べたら

すぐバレるだろ」

「俺がベアトリスから、すでに逃げきれたのは確かだ……ライリー。すまない。今の俺は共に死線を越えた友人より、愛する妻が大事なんだ。結婚すれば、君にも理解できる」

シリルが凛《りん》とした口調で言えば、ライリーさんはそれを鼻で笑った。

「お前。そう言うキリッとした真面目な顔したら、何言っても許されると思うなよ。フィオナ……シリルと、離婚してくれ。俺と結婚しよう」

正直に言うと、シリルではない男性に真剣に見つめられて求婚された私は、心臓が跳ねたようにドキッとはした。

……けど、これは別に！　浮気とかそういうわけでは、絶対にないから！

ワルっぽい美形で見るからにモテそうなライリーさんに、こんな風に求婚されたら、世界中のほとんどの女性はドキッとすると思う！

「は？　ライリー。自分が口にしている意味が、わかってるのか」

二度目の求婚を聞いて脅すような口調になったシリルの後ろに、ゆらゆらとした白い竜が現れて、彼が臨戦態勢に入ったことが知れた。

「……ふっざけんな。わがままベアトリスなんか、一生面倒見れるか。シリルの方が、あいつの操縦上手《うま》いだろ」

「ライリーの方が上手いよ。俺にはもうフィオナが居るから、よろしく頼む」

軽い口調で言い合ったと思えば、二人とも真剣な表情で睨《にら》み合い、緊迫した空気が流れた。

「……よし。俺はロッソ夫人への求婚権のために、シリルに決闘を申し込む」

「ライリー。殺されたいみたいだから、俺が特別に相手してあげるよ。覚悟は良いんだな？」

求婚権はこの国独自の古い風習で、夫の許可があれば妻に求婚することが可能になる権利のことだ。

昔は親に売られた妻とは名ばかりの奴隷のように扱われている女性が多く居て、それを憂いた王が苦肉の策で可哀想《かわいそう》な女性が愛する男性と結ばれるように作った法律だ。

けど、まさか……私の夫にそんな要求をする人が、現れるなんて……。

世界でも類を見ないほどに強い二人の放つ覇気に圧倒され、私自身が一言も発することさえできずに話は進んでいく。

ライリーさんの後ろに大きな赤い虎も現れて、彼らの応酬が本気であると知れた。

「おいおい。シリル。安穏とした生活に慣れて、動かなすぎで太ったんじゃない？」

「はは。ライリー。人里離れた山に篭もりすぎて目が悪くなったのなら、良い医者を紹介してやろう」

「ルーンから聞いたけど、二人は結婚式するまで〈白い結婚〉なんだろ？　それならば離婚するのにも、何の問題もない」

「……ルーン！」

余計なことを言うなとシリルに睨まれたルーンさんは、両手を上げてさっき使った言葉を繰り返した。

「俺はどっちとも仲良いし、どっちの味方でもない」

完全に戦闘態勢に入った二人は空へと舞い上がっている。本気で戦うようだ。

そして、目の前の光景に圧倒されていた私も、ようやく我に返った。

「……えっ……待って。嘘《うそ》でしょう。こっ……ここは、王都のど真ん中なのに！　何考えてるの！　ルーンさん、止めてください！」

人口密集地の王都で、本気になった二人の流れ矢のような攻撃が、誰かに当たったらどうするつもりなの。それに、建物だってあるのよ……嘘でしょう。

「うーん。俺も、あいつらが一人一人なら対処できるけど……二人を同時に止めるのは、流石《さすが》に無理だわ……良かったね。男前二人に取り合われて。初めて会った時には、かけらも見えなかった自己肯定感が上がってきたんじゃない？」

珍しくご機嫌でお茶を飲んでいるルーンさんは、長い足を組んで二人の友人の戦いを高みの見物する気満々だ。

「もー!!　ルーンさん!!　そんなこと、言ってる場合じゃないですっ!!　このままだとロッソ邸にも、王都にも被害が出てしまいますっ!!」

「あー、そうかもね……シリルは王都の国民への賠償金で、無一文になるかも。どうする？　今度こそ、俺と逃げる？」

「そんなこと言ってる場合ではないですから!!　シリル！　やめて!!　せっかく買って調《ととの》えたお邸《やしき》が、壊れちゃう！　もうっ、降りてきてー!!」

まずは二人の戦闘前の挨拶代わりの攻撃なのか、空中で向き合った二人の間には、いくつかの白と赤の光球が飛び交った。

亡き妻を想う執事アーサーの思い出のために私が造りましょうと提案し、新しく雇った庭師が、ああでもないこうでもないと試行錯誤して丹精込めて植えて整えてくれたダリアの花壇。

そこに、ひとつ光球が落ちて、大きな穴が空いたのを見た時に、私の頭の中で何かが切れてしまった。

「っ……！　もうっ!!　ルーンさん。ルーンさん!!　二人が居るところに、私を連れて行ってください！」

「えっ。フィオナ？　もしかして、まじで怒ってる？　……あー。うんまあ、そうだな。わかった。連れてく」

空を見上げ足を組み優雅にお茶を飲もうとしていたルーンさんは、自らの腕を掴《つか》んだ鬼気迫る勢いの私に押されて、私を抱き上げたまま宙に浮いた。

そして、私を真剣な顔でライリーさんと向き合うシリルのすぐ近くまで連れていってくれた。

互いに剣を抜いて戦闘態勢にある二人は、私がこんなところまでやってくるとは夢にも思っていなかったのか、ぽかんとした顔をしていた。

「フィオナ？　危ないから、かえ……」

「シリル!!　もうっ、何考えてるの!!　こんなに危ないことして、信じられない！　買ったばかりの邸にだって、既に被害が出ているのよ！　ロッソ公爵家は確かに潤沢な財産を持っているけれど、私はこの家に仕えてくれている皆や与えられた領地の領民のためにも、お金を無駄遣いするつもりはありません」

「フィ……」

「貴方はもう守るべき人たちを抱えた貴族で世界を救った勇者という肩書だけではなくて、ロッソ公爵と呼ばれるようになっているの。貴族は権利ではなく義務も負うのよ。元は民より徴収した税金である自分の財産は、大事にしなければならない。人や建物を理由もなく傷つけてはいけない。それが領地を支配する力のある者の、最低限の責務なのよ！　本当に……何を考えてるの！」

シリルは自分の言葉を遮り言いたいことを捲《まく》し立てた私に、しばし呆然《ぼうぜん》とした後、慌てて謝り始めた。

「フィっ、フィオナ……ごめん。本当にごめん。ついライリーに煽られて、頭に血がのぼって……」

私が怒った姿を初めて見たシリルは、目に見えて狼狽《ろうばい》した様子になった。

すぐさま自ら持っていた聖剣を腰の鞘へと収め、とても速い速度で地上へと降下を始めた。

私を連れてきてくれたルーンさんも無言でそれに続き、そしてライリーさんの全員が、軽い音を立てて地面に降り立った。

「人にもし……怪我をさせたら、どうするつもりだったの？　……もしかして、何も考えていなかったの？　私。申し訳ないけど、そんな人となんて一緒に暮らしたくないわ。理由もなく人を傷つけて、どう責任を取るつもりなの？」

シリルとライリーさんの二人は、気まずそうに目を伏せた。

「ロッソ邸には、既に被害が出ているわ。私が大事にしていた、花壇を見て。もうすぐ綺麗《きれい》な花が咲きそうだったのに、台無しになってしまったわ。どうしてくれるの？」

「フィオナ……ごめん。俺が悪かったよ」

「悪い。そんなに怒らせてしまうなんて、思わなかったんだ……シリルと小競《こぜ》り合《あ》いするのは、よくあることだったし」

私が大きな穴の空いた花壇を指さして涙ぐめば、二人とも慌てて謝罪の言葉を口にした。

こうして謝ってほしかったし、二人はその通りにしてくれたんだけど……どうしてもなんてことをしてくれたんだという、強い怒りのいきどころが見つからなかった。

お腹《なか》の中にある怒りが、とてもではないけどすぐには収まりがつかない。

シリルだって、言い分があるって、わかってる。

決闘相手のライリーさんだって、私が出会った頃のシリルのような心境だと思えば彼にも同情すべき点だってあるだろう。

けど、だからって……人が大事にしているものを、壊しても許されるというはずがない。

「あの穴が空いた花壇は、アーサーの亡くなった奥様との思い出のある花を、わざわざ植えてもらっていたのよ。いくら世界を救った勇者と剣聖とはいえ、こうして人が生活している場所の上空で戦うなんて、本当に信じられない。私。これから、実家に帰ります！　ルーンさん。ノワール伯爵家まで、このまま連れていってください。お願いします」

馬車で帰るとなれば、色々と時間がかかる。シリルに許してほしいと謝られれば、準備をしている間に絆《ほだ》されてしまうだろう。

シリルだって悪気があって、ああしたわけではないのは、私だって理解している。

私の言葉を聞いたシリルは絶望の表情になり、うるうるとした目で見つめてきたけれど、私はわざとらしく顔を背けた。

すぐに、彼を慰めてあげたい。

けど、それで可哀想と絆されてしまっては、元も子もないもの。怒るべきところは、怒っても良いと思う。

いつも落ち着いているルーンさんは、私の実家に帰る宣言に珍しく驚いた顔を見せていた。

けど、優しいルーンさんは、どうしようもなく怒って感情の行き場がなくなり、夫とは時間を置きたい私を見て、お願いを聞いてくれることにしたみたい。

「……はいはい。ロッソ公爵夫人。かしこまりました。仕方がないな。馬車の代わりにこの私を使っていただいて、光栄至極です……おい。シリル。お前。すぐには追ってくるなよ」

「フィオナっ！　……ごめん。俺が悪かった……行かないでくれ」

「シリル……俺も確かに悪いけど、お前も悪いと思う。少しは冷却期間を置けよ」

神妙な様子のライリーさんにも止められ、シリルは今居た場所から渋々と一歩足を引いた。

空を飛ぶことを私は今まで、ずっと恐れていた。

それはきっと、空を飛んだことのない私にとって、未知の経験だったからだ。

もし、海に居る魚だって「飛んでみる？」と言われたら、間違いなく躊躇《ちゅうちょ》してしまうはず。

だって、彼らは空を飛ぶための翼を元々持っていないから。

彼らのように魔力を持たない私だって、翼となるものを持っていないことは同じだ。

だから私は、ただ怒った勢いそのままにルーンさんに飛んでもらっただけ。絶大なる魔力を持つ彼が共に居るという底抜けの安心感からか不安なんて全くなくて、ただただ風を切る爽快さを楽しんでいた。

私が実家へと帰った時に、ちょうど邸に居た跡継ぎの兄と両親は、既に嫁いだはずの私が連絡もせずに魔法使いと空を飛んで帰ってきたのを知って、本当に驚いていた。

帰宅方法もそうだけど、こうして帰ってきた理由にも。

それにしてもロッソ公爵邸に慣れてしまった私には、なんだかもう自分の家ではないみたい。まだそんなに時間は経《た》っていないのに、人の慣れというものはすごい。

驚いていたノワール家の面々は、詳しい話を聞こうと、私とルーンさんを連れて応接室へと向かった。

そこで腰を落ち着けて話したのは、結婚したばかりの夫シリルが私を怒らせた一件だ。詳しい事情を知った三人は、なんとも言えない表情になっていた。

「そうねえ……新居にと購入したばかりの邸の上空で戦闘をするなんて、フィオナが怒るのも確かに無理もないわね。ましてや実際に被害が出たなら、こうして帰ってくるのも仕方ないわ。家へ帰ると聞いて、シリル様はなんて仰《おっしゃ》ったの？」

頬に手を当てたお母様は苦笑して、義理の息子になったシリルの様子を聞いた。

「待ってくれとは引き留められたけど、私が……今は彼と冷静に話せそうもないから……とにかく、シリルと直接話すのには時間を置くわ。私が強い怒りの感情にまだ負けてしまって、嫌な自分になってしまいそうだもの」

私だって……結婚したばかりの夫シリルのことは、大好き。

けれど、今回彼がしでかしたことは、これまで自分なりに立派なロッソ公爵夫人たらんとして努力してきた私の心の中では、折り合いが付けがたい出来事だった。

おまけに大変な時にお世話になっているアーサーに、もうすぐ喜んでもらえるかもと、ダリアの花壇の出来上がるのを私だって、とても楽しみにしていた。

なのに、そろそろ咲こうかという季節の花壇のど真ん中にぽっかりと空いてしまった、大きな穴……あれを思い出してしまうと、悲しくて涙が出てくる。

「フィオナ。僕もお前と話したいと思っていたから、理由はどうあれ、帰ってきてくれてちょうど良かったよ。昨夜、ヴェルデ侯爵の息子の話を、聞いたんだ。お前や救世の魔法使いを攫《さら》って信じがたい罪を犯し、ヴェルデ家の跡継ぎを廃嫡になってしまうとか」

ルーカスお兄様は、エミリオの件を言いづらそうに切りだした。

「ええ。お兄様。私……ノワール家の娘として、申し訳ないわ。彼が私のことを好きなようにしたいと考えて、私に男性が近づかないようにしていたらしいの……今、考えてみると、不自然なことが多かったわ。落ち着いて少し考えれば、わかることだったのに」

今こうして考えてみると、なぜあれでおかしいと思わなかったのかと、不思議になってしまうことも多い。私から自信をなくさせ彼の良いように操作できるようにしようと思われていたなら、大成功していたということになる。

ルーカスお兄様は私の言葉を聞いて、辛そうに眉を寄せた。歳《とし》の離れた兄は私を幼い頃から可愛がってくれていたから、今回の件を対し許しがたいと思っていてもおかしくない。

「……いいや。フィオナ。僕もまだ昇進したばかりで多忙だったが、社交界デビューしたばかりのお前のことを、もっと気にかけてやれば良かった。デビューしてからというもの、フィオナの元気がないことには、僕だって気がついていた。もし、特定の誰かと上手くいかないのなら、身内が間に入れば余計にややこしくなる。僕がどうこう口を挟むべきではないと思っていたから……」

ルーカスお兄様は言葉を濁したけど、今はもう私がエミリオに何をされたかなんて、ここに居る家族はすべて把握済みだろう。

本来なら仕事に行っているはずのお父様やお兄様が、珍しく昼日中といえるこんな時間に邸に居たのだ。

いくら主犯の元嫡男が国外追放されるといえど、このまま我が家も黙っているわけにもいかない。ヴェルデ侯爵家に賠償金を求めるとか、そういう話になるのかもしれない。

「それは……お兄様のせいではないわ。私がもっと、周囲に注意深く接していれば防げたかもしれない」

「おい。俺が誤解を解くのもおかしい話だが、あれは誰にだって防げない。ましてや、デビュー直後の初々しい令嬢を騙《だま》すことなど、下衆《げす》な男にとっては赤子の手をひねるようなものだった。家族にだって相談できなかったのは、フィオナが真面目で家族を愛していて、自分の状況を話すことで、ガッカリさせたくないと考えていたからだ。つまり、そういう性格も把握されて、利用されていた……フィオナは完全に被害者だ」

　黙って私の隣に座っていたルーンさんは淡々と語り、ノワール伯爵家の三人は揃《そろ》って「そういえば、この人は一体誰だろう」と、同じようなことを思っていそうな表情になった。

「失礼ですが……もしかして、魔法使いのルーン・ヴェメリオ様ですか」

　お父様がいろんな可能性を考えた結果、私の夫の仲間であるルーンさんだと気がついたらしい。

「あっ……お父様、そうなの！　こちらはシリルの友人で、ルーンさんなの。私のことをいつも心配してくださって、今日は無理を言ってこの家まで送ってくれたのよ」

　私のせいでこのルーンさんが結界に閉じ込められ行方知れずになっていたことも、城で働く父はすべて知っていたらしい。

「ああ。やはり、そうでしたか。ヴェメリオ様には娘のことで多大なご迷惑をおかけして申し訳ございません……私が城でお会いした時には、フードを深くかぶっていらっしゃったので、すぐに気がつけずに、失礼致しました」

　ノワール伯爵家三人で深々と頭を下げつつ、父はルーンさんへの詫《わ》びの言葉を口にした。

「いえ。さっきも言ったように、フィオナは何も悪くない。悪いのはベアトリスとヴェルデ家の元嫡男だ。あれに囚《とら》われていたことは、黒歴史になるから、なかったことにしてくれ。詫びも何も要らない。忘れてくれ。それに、俺は巻き込まれたとも思ってない。あと、できればフィオナがここに居る間、俺も滞在させてほしい。あんなことがあって……すぐに何かを企むとは思えないが、万が一があっても困る」

腕を組みつつ難しい顔をしたルーンさんは、明確な名前を口にせずに、私を狙って誰かが動く可能性を示した。

けれど、父や兄にはそれが、誰であるかわかったはずだ。

エミリオはもう既に国外追放の決定が下り、貴族の地位、資金源や権力も奪われたはず。

けれど、謹慎という軽い罪で済んだ残る彼女は父にとってみれば、真っ向からヴィオレ伯爵家と対立する、間接的とはいえ長年の頭痛の種であったことは、変わりないから。

「すぐにヴェメリオ様へ来客用の部屋を用意するように伝えろ。娘の警護を救世の魔法使いに引き受けていただけるとは、願ってもないことです。本当にありがとうございます」

「いいや？　それって俺がやりたいだけで、誰かの頼みを引き受けたつもりはない……フィオナ。俺は一度荷物を取りに、ロッソ公爵邸へと戻る。何か必要な物はないのか？」

ルーンさんは私の顔を覗《のぞ》き込み、そう聞いてくれたけど、ここはついこの間まで私が住んでいた家だから、日々の生活に必要なものは全て揃っている。

それに、シリルと少し距離を取ろうと思い帰って来たけど、実家に長居をしようとは思わない。無言で首を横に振れば、ルーンさんはなんとも言えない表情で首を竦めた。

「はいはい。今頃、不貞寝《ふてね》して枕を濡《ぬ》らしていそうな旦那にも、心から反省しておくように伝えとくよ。俺もあの時は面白がったし、二人の競争心を煽ったのは認める。フィオナ、悪かった」

「……ルーンさんは、なんでも楽しめて良いですね」

いつも余裕があり頭も良いから、人の行動だって上手く操作できそうなルーンさんは、両手を胸の辺りに上げて降参のポーズを取ると、揶揄《からか》うように言った。

「そうでもない。ベアトリスが関わることは、正直言えば俺には全く笑えなかった。けど、もし俺が面白がっているように見えるなら、何もかもフィオナのおかげだな」

自分が結婚してほしいと追いかけられるような標的にならなかったとはいえ、自分勝手が過ぎるベアトリス様に散々苦労してきたルーンさんの言葉はとても重い。

「あの、ルーンさんって……もしかして、仲良しのシリルを揶揄うのを楽しんでます？」

私がそう聞くと、ルーンさんは珍しく満面の笑みで頷《うなず》いた。

「うん。とても」

◇◆◇

「フィオナ。なにやら、結婚したばかりの旦那様がやらかしたそうね？」

私が実家に帰ってきていると聞いて、七歳年上の姉レベッカが様子を見に帰ってきた。

姉は私と同じ茶色い髪と緑色の瞳を持ち、顔立ちだってよく似ていると思う。

実は姉のレベッカは彼女が居た当時の社交界では人気で、ひっきりなしに縁談が来ていた。

だから、妹の私は自分に対する期待値が高くなりすぎ、自分の散々だった現状がよりみじめに感じたのだ。

一番早く生まれた姉は既に結婚を済ませ家を出ている。二人の男の子にも恵まれ、婚家の跡継ぎ問題は早々に解決済み。

今は三人目がお腹に居るという、大事な身体《からだ》だ。

「そうなの……シリルだって、悪気はないとわかっているんだけど。どうしても……許せなかったの」

遠慮のない物言いで、ちゃっかりノワール家にも馴染《なじ》んでいるルーンさんから聞けば、近接戦闘員であるシリルとライリーさんが、ああして言い争いになってから戦闘に至ることは旅の間にもよくあることだったそうだ。

けどだからといって、人口密集地の王都の真ん中で戦闘を開始するなんて……あり得ない。

「フィオナの旦那様は、庶民出身の勇者様なのでしょう？　貴族のフィオナとは、生まれ育った環境や常識も違うのよ。貴女《あなた》が怒ったことも、あちらにとっては理解しがたいかもしれないわ」

まず、レベッカお姉様は夫シリルを庇《かば》った。彼女の言っていることだって理解できる。

「……けれど、お姉様。私たち貴族は、王家より与えられた領地に住む領民の納めた税で生かされているのよ。ロッソ公爵家にある財産は、無駄遣いすることなく大事にするべきだわ。何でも、無料《タダ》でなんて手に入らないもの。たとえ今は何の問題もなく順調でも、領地に万が一があった時のために備えておくべきだわ。それこそが領主たる者の務めでしょう」

シリルが貴族になったばかりだというのなら、生まれてからずっと貴族だった私がしっかりしなければいけない。

私は自分が思うところを率直に言ったんだけど、姉は苦笑して頷いた。

「あらあら……私の妹は優秀で家庭教師の言葉をそのままなぞる真面目ちゃんになっているものね。確かに可愛いけれど、悪い男もそう思ったのかしら……元ヴェルデ家の国外追放されるはずのエミリオがしでかしたことについては、私も聞いたわ。信じられない。私がまだ社交界に居たなら、絶対にそんなことは起こり得なかったのに」

　とはいえ、レベッカお姉様は現在、幼い子どもを抱えながらの身重の体。子育てにも奮闘中だし、お姉様と親しい方たちだって結婚を済ませ、社交界からは身を引いている方も多いだろう。

「ねえ。お姉様。ルーンさんは、私の年齢の近いあたりにお金をばら撒《ま》けば可能ではないかと言っていたわ。けれど、私……そんな情報統制が簡単にいくものだとは、やっぱり思えないの。男性は数多く居るし、その中には女性には礼儀正しい紳士だって居るはずよ」

　社交界にはジャスティナから聞いたエミリオが私の自信を奪い去ろうとしてやっていたという手法と、ルーンさんが想像したやり方だけでは、どうしても操作できない方も居る。

　それは、ヴェルデ家より身分が上の方たちだ。彼らはお金では動かないし、身分が下の者には絶対に従いたくないと考えているほどにはプライドも高い。

　エミリオから金銭を渡されて言い含められたからと、何も知らないレディへと失礼を働くような人たちには思えないのだ。

　けれど……当時の彼らを思い返しても、私を素通りしてジャスティナを褒めていた。

「……ねえ。フィオナ。そういえば、最近、王都で怪しげな新興宗教が流行《はや》っているらしいと聞いたわ。貴女も何か知っている？　秘密結社シュトランジとも繋《つな》がりがあるとか」

それは、人身売買や黒い犯罪にも手を染めていると噂《うわさ》が囁《ささや》かれている秘密結社の名前だった。

「え？　いいえ？　どうしたの。お姉様」

「フィオナの話を聞いて、以前、噂で聞いたその話を思い出したの。その団体に入信した人は、おかしいくらいに教祖を崇拝するようになるらしいのよ……私は宗教については、必要な人も居ると思うわ。人の心は弱く、支えとなるものを必要とすることだってあるでしょう。けれど、周囲から見れば、まるで操られているようで狂信的で、とても不自然な様子なのだと……それを、思い出したのよ」

姉は、神妙な物言いでそう言った。今思い返すと二人の女の子が並んでいて、片方ばかりが褒められるなんて異様な光景は、おかしいかもしれない。

私がもし男性側だったのなら、気のない女性にだって、そこまでの熱量でないにせよ、褒めたりすると思う。

けれど、当時の私にはそれすらもなかった。それは、どう考えてみてもおかしい。

「ねえ……お姉様は、どう思う？」

「自分勝手な理由で私の可愛い妹の自信を奪ったクズの話だというのなら、何もかもがおかしいと思っているわ……けど、それだけおかしくて妙なことを考える男なら、なんでもしそう。ええ。なんでもね。本来なら禁忌だとされている、人の心を操る禁術だって、抵抗なく使うでしょうね」

「まさか……お姉様……そんなこと、あり得ないわ。大罪よ」

私は両手で口元を押さえた。あのエミリオが禁忌を犯し、人の心を操作したの？

それを誰かに知られれば、ヴェルデ家は取り潰しの上で、一族郎党重罪を科されるほどの大罪なのに。

「何がまさかよ。フィオナ。私の可愛い妹が、誰にも声をかけられない異常事態が起きていたのよ！　それを、誰も変だと思ってないことこそ、変だわ。そもそも始まりから、この話はおかしいのよ」

歳の離れた妹に甘く身内贔屓《びいき》の姉は、デビューして一年ほどの間、私が夜会に行っても誰からも声をかけられずにずっと壁の花だった話を聞いて、信じられないと大袈裟《おおげさ》に叫んだことを思い出した。

「ふふふ。お姉様。期待を裏切ってしまったのなら、申し訳ないわ。私は残念ながら、モテないの。お姉様やジャスティナのように、華がある女性でもないもの」

ただそこに居るというだけで、人が集まる華やかさを持っている女性たちとは違うと言えば、お姉様は悲しそうな表情でため息をついた。

「ねえ。フィオナ。私はジャスティナも、可愛いと思っているわ。あの子はフィオナと一緒に居ることも多かったし、性格も明るくて可愛らしいし、容姿が特別優れていることも認める。けれど、フィオナ。ここは間違えてはいけないわ。男性からはフィオナのような、控えめで真面目な女の子が本命に選ばれることが多いのよ」

「……本命？　そんな、まさか」

私はお姉様は冗談が上手いと、ふふっと笑った。それを見て、姉が複雑そうな表情で続けた。

「貴女へ直接したことも含め、エミリオは許しがたいわね。男性は夜会に出れば、いろんな女の子に声をかけるでしょうね。踊ったり会話を楽しんだり、そうして、たくさん居る女の子の中で、この子に求婚しようという子を一人定めるのよ。上手くいったりいかなかったり……やっぱり違うかもしれないと思えば、また違う子に声をかけてみたり……」

「ええ？　……そうね。そうだと思うわ」

姉が何を言わんとしているかがよくわからない私は、頷いてそれを肯定しただけだった。

どんなに可愛らしい女の子が何人も居ようが、一人の貴族男性から結婚相手にと選ばれるのは一人だけなのは当たり前だ。

「もちろん。個々の好みはあるけれど、多くの男性から求められる女性は、フィオナのように控えめでありながら芯を持った性格の持ち主で、少し頼りないことも大きいと思うわ。貴女は良くも悪くも末っ子だから……とっても甘え上手だし。男性は甘えられたいものなのよ」

聞き覚えのあることを聞いて、私は複雑な表情を崩さない姉へ頷いた。

「あ。それはルーンさんも言っていたわ。好きな女性から男性は頼られたいから、自分の能力を高めるんだって」

「その通りよ。意志が強くなんでもできて、何もかもを持っている女性は、気が強くなりやすい。自分にとっても自信があるもの。当然のことよ。逆にそういう性質を持つ、同じような男性からは敬遠されるかもしれない。悪いことではないけれど、自信があって主張の激しい者同士だと反発し合ってお互いに折れないことが多いのよ。そういう風に上手くいかない例の方が多いから」

そこまで聞いて、私は不安になってしまった。

だって、シリルを怒った時に彼が反論できないくらいに、捲し立ててしまったから。

「お姉様……私。シリルにこの前、きつく怒ってしまったの……嫌われてしまうかしら？」

シリルにだって、あの時に私に言いたいことはあったはずだ。

けれど、私はそれも聞かずに実家へと、まっすぐ帰ってきてしまった。

不安げに尋ねた私に、姉は苦笑した。

「フィオナ。そこも難しいところなんだけど……わがままは適度に言ってほしいのよ。男性は女性のように、こうしてほしいのねと察することのできない生き物だから。女の子からのこうしてほしいああしてほしいは、口に出してもらえると助かるし大好きなの。度が過ぎないわがままは、彼らにとって大好物だと思うわ」

「……度が過ぎない、わがまま？」

「そうよ。それに、こういった圧倒的に向こうが悪いとわかっている事態は、これから先一生一緒に居ることになる夫の躾《しつけ》に最適だから、この機会を利用した方が良いわ」

姉は面白そうに妹夫婦の初めての喧嘩《けんか》を評したけど、一晩寝て起きた私はもう既にシリルに会いたくなっている。

なんだか、不思議なものだ。シリルと出会う前まで、どう生きていたかなんてもう、思い出せない。

求婚者に恵まれない以外は、普通に生きていたはずなのに。

「そんなことして……私のことを、嫌いにならない？」

「不思議だけど、そうされるとより一層好きになるのよ。今回は私の言うことを聞いて、少しだけ彼に時間を置いてお仕置きした方が良いわよ。こういうことは、最初が肝心なんだから……そういえば、色々あって先に結婚はしたと聞いたけれど、結婚式はいつなの？」

姉は自分の結婚式にも時間をかけてこだわったから、私の結婚式も気にしているようだ。

「結婚式は、私の式用のドレスが出来るのを待っている状態なの。シリルが私の着たいものを、着せてあげたいって……」

「まあまあ……お熱いわね。新婚ですものね。それで、いつ頃出来上がるの？」

「……十カ月間かかると言われているわ。外国製のヴェールが気に入ったんだけど、私の身長に合わせたサイズを注文するらしくて……」

私の言葉を聞いて、にこにことして聞いていた姉の表情が凍った。

「……そう。それはシリル様は、きっと大変でしょうね」

「あら。お姉様。どうして？　シリルは自分にはわからないし好きにしても良いと言っているから、結婚式は私がほぼすべて手配するのよ。もちろん、お姉様にだって協力してもらうけど……」

姉が何を言えば喜ぶかを理解している妹の私は、結婚式の手配を手伝ってほしいと付け加えた。姉はこういうお祝いの席を計画するのが、大好きなのだ。

「もちろんよ。私の妹の結婚式なのよ！　国でも噂になるくらいに盛大に催さなくては……けど、旦那様も大変でしょうね。こんな可愛い女の子が始終同じ邸をうろうろしているのに、結婚式まで長い期間手を出せないなんて……」

「まあ……お姉様。私たち……ちゃんとキスもしたし、一緒にベッドで眠ったわ」

私がそう言うと、レベッカお姉様は微妙な顔をして頷いた。

「眠った……どういうことかしら？」

「ええ。もちろん……その、子どもが出来るようなことはしていないわよ！　シリルに結婚式が終わってからにしようと言われているから。私が好きなドレスが、着れなくなってしまうからと」

優しい夫を自慢するつもりでそう言えば、姉は額に手を当てて難しい顔をした。

「そう……フィオナ。我慢強い旦那様を、大事にしてあげるのよ。今回は時間を置くべきだけど、貴女には想像もつかないような我慢をしているんだから」

◇◆◇

そんなこんなで、姉から「許すには、一週間は置きなさい」と、忠告を受けた通り謝罪にとやってきたのに私に会えずに、しょんぼりとして帰っていくシリルの後ろ姿を窓から見ていた。

「シリル……」

もうすぐノワール家の執事が、私に書いてくれたシリルの手紙を持って、私の部屋までやってくるはずだ。すぐに帰っていく彼を追いかけて「二度としなかったら、これでもう許すわ」って言いたい。まだ……ほんの三日しか離れていないというのに、何もかも許して、シリルに早く会いたい。姉は男女関係においては、最初が何よりも肝心と言っていたけど……私たち、ようやく心の通じ合った恋人同士になったばかりなのに。

ずうっと私のことを小馬鹿《こばか》にして手に入れようと画策していたエミリオに言い返せた時、自分は少々成長できたのではないかと思っていた。

　自信をなくしていたけれど、シリルが愛してくれているという、ただそれだけの理由で、私はなんでもできるんだって思っていた。

　だけど、今は、いまいち思いきれない。どうしよう。今すぐ、帰るシリルを追いかけようかな。

　追いかけてくる私を見ればシリルはきっと、すぐに私に謝ってくれて、喜んでくれて、何の問題もなく元通りの二人に戻れるはずだし。

「お嬢様。お手紙が届いております」

　部屋へと入ってきた執事のゲイリーが私のことをいまだノワール伯爵家の令嬢のように呼んだので、私は苦笑した。

　老年の彼は白髪が少ない黒髪をすべて後ろへと流し、整ってはいるけれど冷たくも見える容貌だ。

「まあ……ふふ。ゲイリー。私はもう、ノワール家のお嬢様ではないわよ。ロッソ公爵夫人なの。間違えないで」

「ああ。そうでしたね。可愛いお嬢様がこんな風に立派になられるなんて、話が早すぎて爺《じい》も驚いております。ですが、私はフィオナお嬢様をどこに出しても恥ずかしくない素敵なご令嬢へ育て上げました。いくら公爵位を得ているとはいえ、庶民上がりのような男に娶《めと》られることになろうとは……」

　私が今ロッソ公爵邸に居る執事アーサーによくできたと褒めてもらえている主な理由は、ノワール伯爵家に長く仕えるゲイリーに厳しく教育をされたから。

　実際のところお母様は、それほど教育熱心でもないし、お姉様が上位貴族へと嫁いでいるので、私に関しては「フィオナは好きな男性と恋愛結婚でもすればいいわ」と、ずっと言われ続けていたのだ。

それを危惧したのは、お父様の幼少期より共に過ごしているという執事ゲイリーだけだった。

「フィオナお嬢様が嫁ぎ先で苦労されるなど、爺は絶対に許せませぬ」と、甘やかされた末っ子の私の教育に対し彼は手を抜かなかった。

ゲイリーが選んだ本は数えきれないほどに読んだし、何も知らないシリルの代わりに領地経営ができるのも全部全部彼のおかげ。

救世の報酬に爵位を得た勇者シリルという私には思ってもみなかった嫁ぎ先に対し、大反対をしていたのは、このゲイリーだけだった。

「もう……ゲイリーだって、知っているでしょう？　シリルは世界を救った勇者様なのよ」

「爺はお嬢様を幸せにできる男性ならば、文句は言いません。ですが、何もかも順序などをすっ飛ばして結婚した挙げ句、結果的にお嬢様は実家へと帰ってきているではありませんか。爺の言う通りではありませんでしたか？」

確かに私が夫と喧嘩して実家に戻ってきていることは、まぎれもなく事実だ。

だから、私は下手に言い返さずに微笑《ほほえ》んだ。

「ええ。ゲイリー。いつも私のことを、心配してくれてありがとう……あの、シリルの手紙を貰《もら》っても良いかしら？」

無言で差し出された小さな銀の盆に載せられた白い封筒を手に取って、私は胸に手紙を押し当てた。

確かにあんな周囲が見えていない考えなしの決闘をしたことには怒ってしまったけれど、シリルだって言い分はあるだろう。

美形な男性が好きな聖女ベアトリス様の次の犠牲者たるライリーさんに横恋慕されたような格好となり、頭に血が上ったと考えれば、それだって仕方ないと思う。

シリルは……私のことを、好きでいてくれるから。もし、私への嫉妬で怒ってしまったのなら、許してあげたい。

ゲイリーは手紙を受け取った私の顔を見て面白くなさそうな表情になると、無言で一礼して去っていった。

◇◆◇

「……シリルが、今日は来てないって？」

辞めるつもりだけど契約がいまだ切れていない魔塔へやる気なく仕事に行っていたルーンさんは、夕食時浮かない顔をしていた私に気がつき、何かあったのかと部屋にまで来てくれた。

メイドの何人かが不思議そうな顔をして、部屋の中に控えている。

未婚の令嬢の私室に婚約者以外の男性が入ることは、あり得ないからだ。

私はもう既に結婚しているし、ルーンさんは私を警護してくれる夫の友人だから問題はないはずだけど。

「あのっ……私も、シリルが仕事で忙しいことはちゃんと知っているんですけど……けど、なんだかすごく心配で……私、怒りすぎて嫌われてしまったのかもしれません」

　ロッソ公爵邸を出てここ五日間で、シリルが来ていないのは、今日の一日だけだった。

　たった一日だけだけど、もしかしたら面倒な妻に呆《あき》れ、もう嫌になってしまったのではないかと私は不安でたまらなかった。

「いや、あいつって……そんなに忙しい？　大体は夕食時には、帰ってきているよね。それに、軍所属だとはいえ幹部だから実戦に出るわけでもない、参謀や軍師のような頭脳労働の立ち位置なんだし……なんかあったのかもしれない。良かったら、俺が話を聞いてこようか？」

　ルーンさんはなんでもないことのように淡々と言ったけど、私はやっぱり夫のシリルはすごいと思った。

　彼は勇者で凄《すさ》まじい戦闘能力を持っているのだから、前線に出た方が良いのではないかと思われそうなのに、作戦立案や新しい陣の開発に携わっているなんて、たくさんの人から彼の作戦が頼りにされているということだから。

「私……本当に駄目ですね。シリルと結婚できて、少しは強くなれたと思ったんですけど……意気地なしなんです。彼の思っていることを、面と向かって知るのが、なんだか怖くて……」

「ははは。それって、まじで言ってる？　ヴェルデ家の……ああ。今はもうあいつは、ただのエミリオなのか。悪党エミリオに啖呵《たんか》切っているところを思い出すと、気持ち良かったわ。本当に最高だった。別に普段もああなる必要はないけど、怒るべき時に怒れるのは偉い。誇りを持つべきだと思う。あいつにあれを、言ってやったことを」

「ありがとう……ございます？」

確かにエミリオに対し「絶対に愛することはない」と言ったあの時、あまりに激しい感情の昂《たかぶ》りから、いつもの私ではない不思議な感覚に陥っていた。

そして、これまで絶対に言えなかった、言いたいことを言いきったという、爽快感だってすごかった。

「なんで、そこで疑問形なんだよ。まあ……俺が、シリルの様子を見てくるよ。そういえば、フィオナはこっちに執事に言って仕事を持ってきてもらってるんだって？」

こっそり執事のアーサーに頼んで持ってきてもらった書類仕事だけは、こちらで済ませている。

なぜかというと、まだまだロッソ公爵家には手を入れないといけないところが多いからだ。税収やシリルが持つ余剰資金などを、新しい事業を試みる有望な商会に投資することも考えている。

新規事業には先が見えない不確定な要素も多いけれど、もし上手くいった時の還元される収入がとても大きいというメリットと……ある程度の資金を複数の投資先に分散して運用していれば、すべて失敗しない限りは成功と言えるからだ。

「そうです……それに、使用人の管理については、完全に私の責任だったので、紹介状の見直しなどもしていました」

あの事件の後、エミリオに買収されていたロッソ公爵邸の騎士や使用人は犯罪に関わっていたと知り、すぐに自供していたらしい。

本来ならば、仕える貴族に背信した使用人は重罪になるのだけど、証言をすれば減刑するという条件で財産没収のみになり刑に服することはまぬがれたそうだ。

彼らの雇用主となっていた夫シリルからの手紙でそれで良いだろうかと確認されたけれど、見知った貴族の紹介状があるからと、そんな人材を安易に選んだ私にだって、そもそもの責任がある。

「それも、あんたの責任でもないよ。初めての仕事で失敗するなんて、誰だって経験があるだろう。俺は、失敗は繰り返さなければ、それで良いと思う。失敗しないなんて……無理だよ。フィオナ」

「……そうですね。私、できれば、自信が欲しいです。シリルが一日連絡をくれないだけで、こんなにも不安になるなんて」

ほんの少し姿が見られただけで嬉《うれ》しくて、それなのに距離を置こうと決めたから会えないのが寂しくて……今日は来てくれないだけで、彼のこと以外考えられなくなるくらいに落ち込んでいる。

人は恋に落ちると天国と地獄を行ったり来たりすると聞いたことがあるけれど、彼の一挙手一投足でこんなにも気分が上がり下がりをするなんて、今までそうなったこともなかったし知らなかった。

だから、私は……きっと、夫のシリルが初恋なのだわ。

「俺は喧嘩の原因を作ったあいつ自身が妻を不安にさせるようなことをするのが、なにもかも悪いと思うけどね……まあ、俺が行ってくるよ。すぐに戻る」

と言って、ルーンさんは私の部屋の窓から、するりと外へ抜け出し飛んでいってしまった。

ルーンさんが囚われた時のように、勇者シリルの身に何かあったりするなんて考えがたい。誰かが捕らえようとしてもそうはできないと確信するくらいに、彼は強い。

それにベアトリス様も、今は謹慎中だ。

だから、悪い方には考えがたいけれど、なんだか……胸騒ぎが止まらない。

ベアトリス様は神殿から出ることを許されていないらしいけれど、もしかして……何もないよね？

私は自分がお願いしたということもありルーンさんが帰ってくるまで待っていようと思っていたんだけど、結局待ちきれなくて先に眠りについてしまった。

翌日、寝坊をした私が目を覚ましたのは、既に家族は各々《おのおの》の仕事をしている時間帯だった。

身支度中にメイドから聞いたところによると、深夜に帰宅したというルーンさんは、ここでは客人という意識があるせいか、空を飛んで窓から入ることもできるというのに、ちゃんと玄関から入ってきたらしい。

ルーンさんは臆せぬ物言いと振る舞いで自由人のように見えて、時と場合を弁《わきま》えている常識人。

あくまでこれは私の想像なんだけど、救世の旅の間のベアトリス様のハチャメチャな行動も、彼が黙って何かと尻拭いをしていたのではないかしら。

シリルとライリーさんは、ベアトリス様に迫られて、逃げ回っていたと聞くし……まさか、そんなとんでもないことになっているなんて、彼らに救われている国民たる私は、想像もしていなかった。

「おはようございます。ルーンさん」

食堂へと入るとルーンさんは、ちょうど朝食を食べ終わり食後のお茶を飲んでいるところだった。

彼はあまり睡眠を取っていないのか、眠そうに目を細めて、私を見ると軽く肩を竦めた。

「おはよう……昨夜《ゆうべ》は遅くなってごめん。フィオナは気になっていただろうし、先に状況を説明しておく。なにやらシリルの幼馴染《おさななじ》みの女の子が、今面倒ごとに巻き込まれて大変らしい。あいつはそれを心配して、下町に居た。それに、その辺りの出身だからと捜査の指揮を任されたらしい」

「……え？　シリルの幼馴染み……ですか？」

勇者シリルが王都の下町で生まれ育った話は、有名だ。

彼だって子どもの時期があったのだから、幼馴染みが居ても全然おかしくない。

けど、幼馴染みの性別を聞いて、どうしても気分が落ち着かなくなるのは、仕方ないと思う。

だって、私はシリルが好きで、彼の周囲に同性が居ると聞けば胸がざわついてしまうのだから。

「そ。なんか、大がかりな行方不明事件で王都は大騒ぎ。王都の住人がここ数日の間に、何人も居なくなってしまったらしくてさ。その中には、シリルの知り合いも何人か含まれているらしい」

「行方不明事件……！　大変ですね。もし、被害者にシリルの幼馴染みも含まれているなら、今は私のところに来ている場合ではないです」

それにしても、大がかりな行方不明事件だなんて……なんて、恐ろしい話なのかしら。

最近の私はというと、実家に帰ってきてから閉じこもっているので、誰にも会わない。だから、偶然会った誰かからそういう噂話を聞くこともない。

それに、友人たちだって私はロッソ公爵邸に住んでいると思っているから、手紙はすべてあちらへと届いているだろう。

「……そうそう。シリルも今日は行かれないからって、フィオナのことを気にしていたよ。怪しげな宗教団体や秘密結社が関わっているのではないかと疑われているらしい。前々からきなくさい話もあって、人身売買に手を染めていることも考えられるのではないかという黒い噂もある。もしも誘拐事件であれば発覚してからの初動が重要だから。軍の幹部として動いているから、シリルは抜けられなくて今は捜査本部に居る。フィオナに手紙を送りたかったんだけど、会議会議で書く時間もなかったらしいよ。ちょうど良いからって、あいつを捜しにいった俺が喋《しゃべ》る伝書鳩係」

ルーンさんは揶揄うように戯《おど》けて、両手をひらひらとさせた。

彼の笑わせようとした意図がわかった私は、ふふっと笑ってしまう。

魔法使いのルーンさんは黒いローブをよく着ているし黒髪黒目なので、もし彼を鳥でたとえるのならば、白い鳩というより闇夜に溶けてしまう濡れ羽色の鴉《からす》だと思う。

「そう……なんですか。急にシリルが来なくなった理由が、これで納得できました。ありがとうございます。けど、たくさんの人が行方不明なんて、大変ですね。ルーンさん。そうしたら、私から会いにいきたいです。仕事中だと思うんですけど、シリルにどうしても会いたくて」

「まぁ、仕事中だけど、別に奥さんが訪ねて少し話すくらい、大丈夫だと思うよ……どうする？　送っていこうか？　これだと伝書鳩っていうか、奥さんを運ぶ配達係だな」

「ふふっ！　そうですね。ありがとうございます！　よろしくお願いします！」

頷いた私は起きたばかりであることも忘れ、すぐに出かける準備をしようと思ったんだけど、冷静なルーンさんに「いや、朝ご飯は食べなよ」と言われたものだから、慌てて席についた。

もうすぐ、数日間も会えていないシリルに会って話せると思うと、心が浮き立って体よりも先に、彼の元へと飛んでいってしまいそうだった。

◇◆◇

初めて訪れることになった王都の下町は、ざわざわとして騒がしい。

大きな広場にはところ狭しと屋台が並び、あちらこちらで商人たちからの「安いよ」「寄ってみて」「美味《おい》しいよ」などの威勢の良い声かけに溢《あふ》れていた。

少しでも空いている隙間があれば、それを埋めるように人が現れる、今の視界は縦横無尽に動き回る「人、人、人」の波だった。

「あんた……大丈夫？　お育ちの良いお嬢様は、こんな場所へ来たこともないだろ？」

下町の熱気に圧倒されてしばし呆然としてしまった私の顔を、背の高いルーンさんが覗き込みながら声をかけてきた。

「だっ……大丈夫です！　確かにこういうところに来るのが初めてだったので、少し驚いただけです。シリルは、どこに居るんですか？」

「こっち。捜査本部なんて呼んでるから、立派な建物でも造ったのかと思ったら、騎士団の駐在所を間借りしているらしい。シリルみたいに体を鍛えている大きな奴《やつ》がそこら中に居るから、より狭く感じるんだよなー」

ルーンさんはさりげなく私の手を取って、ぎゅうぎゅうに密集した人の中を歩いた。

大きな手だ。夫シリルとは感触が違う手に、私はドキドキしてしまった。

これはただ土地勘のない私が、はぐれないように心配して手を繋がれただけで、彼にそういうつもりは何もない。だって、彼は夫の友人だからだ。

そうよ。ただ親切で手を握ってくれただけなのに……私はシリルに出会うまで本当にこんな風に触れ合うことはなかったし、異性に免疫がないから、ほんの小さなことでも、特別に思えてしまう。

「あ。ここだ……フィオナっ」

ルーンさんはシリルが居るという目的地を見つけて、その後に緊迫感のある響きで私の名前を呼んだ。

「……はい？　えっ」

見慣れない街並みに、興味津々で目を向けていた私は、彼の声を聞き何気なく顔を上げた。

その瞬間。見てはいけないものを見てしまって、慌ててルーンさんの背後に隠れた。

え!?　嘘……シリルがふわふわした金髪の小柄な女性に抱きつかれて、それを慰めていて……。

「どうする？　修羅場なら責任取って、俺も付き合うけど……」

責任感の強いルーンさんらしい言葉を聞いても、私は何も言えなかった。

うそうそ。絶対、嘘。

シリルが私のことをそういう意味で裏切るなんて思えないし、きっと悲しんでいる女の子を放っておけなかったから……優しいから……きっと、そうよ。

「かえります……」

衝撃を受けて何も考えられなくなった私は、くるりと身を翻して、今度は私がルーンさんのことを引っ張って歩いた。

これって、浮気？

私からはシリルの表情は見えなかったけど、彼の手は女性を抱きしめてはいなかった。

困ったように手は浮いていたし、ただ彼女に縋《すが》られているようにも見えた。

それでも、浮気なのかしら。気にしている私が、過敏すぎるのかもしれない。

女性をあの状況で慰めないなんて、冷たいと思われるだろうし。

黙ったままで歩いている間中、ルーンさんは何度か私に話しかけたと思うけど、自然と湧き上がる嫌な想像や、さっきの光景が頭の中をぐるぐるしていた私はそれに何も返せなかった。

知らない街を闇雲に歩き回り、とある路地の壁を前にして立ち止まった私がルーンさんを振り返ると、彼は目に見えて困った顔をしていた。

「……フィオナ」

「ルーンさん……どうしよう。私……シリルが私よりあの女の子を選ぶかもしれないって、不安でたまらないのっ……どうしようっ……」

これまでどうにかとどめていた涙が、両目からせき止められずに、ぽろぽろと溢れ、止まらなくなった。

どうしよう。

だって、シリルが結婚するのは私でなくても、別に良いもの。

「元々はっ……ベアトリス様から逃れたかった一心で私と結婚して……あの子の方が良いって、これから離婚を切り出されたら、どうしよう」

私は胸の内の不安を吐き出すようにして言葉にすると、ルーンさんは一度大きく息をついて、落ち着かせるようにゆっくりと言葉を紡《つむ》いだ。

「そんなことは……そんなわけあるはずがないだろ。フィオナ。あれを見てあんたが大きなショックを受けたのはわかるけど、とにかく落ち着けって」

「私がっ……変な意地を張っていたからなんですっ。どうすれば良いのっ」

泣いている私に呆れてしまったのか、また小さくため息をついたルーンさんが困った顔で、興奮している私に手を伸ばそうとしたところで、聞き覚えのある低い声がした。

「おい。そこに居るのは、ルーンとフィオナじゃないか？　待て……なんで、こんなところで泣いてるんだ？」

路地のすぐ近くでこちらを見ていたのは、剣聖ライリーさんだった。

彼は私が泣いているのを見て、目を丸くしていたけど、すぐにポケットからハンカチを取り出して渡してくれた。

彼は初対面に近い段階で友人の妻に求愛するという、とんでもないことを言い出したので、とても変な人だと思っていたんだけど、普段の彼は紳士的で優しそう。

私と初めて会った時のシリルと一緒で、ライリーさんだってベアトリス様から逃げたい一心だったのね。

ルーンさんは小さく舌打ちしつつ、こちらへと歩み寄ってきたライリーさんの肩へと手を置いた。

「……ライリー。お前。王都で仕事と家を探すんじゃなかったのか？」

私がハンカチで涙を拭うのを見て、何も知らないライリーさんは心配そうにしていた。

ライリーさんは魔王を倒してからこれまで、山奥で身を隠していたんだけど、よくよく考えたら王から命令を受けた魔法使いには、どうしたって見つかってしまう。

だから、どうせ隠れても意味がないのなら、今後のことも見据えて、王都に暮らすための仕事と場所を探しているとは聞いていた。

「だから、さっき仕事と家も決めてきたって。騎士団で騎士になることにした。シリルと一緒にって軍部にも誘われたけど、戦闘員になるなら遠征もあるしな」

シリルの所属する王軍とは違って、騎士団は王都周辺から動かない。

彼らは王を守ることが、最優先される仕事だからだ。

「お前もシリルのように、いっそ軍幹部になれば？　なんでも目の飛び出るような、高給だってよ」

ルーンさんが面倒そうに言えば、ライリーさんは首を横に振った。

「それは、絶対に向いてない……そんなことより、なんでフィオナはこんな場所で泣いてるんだ？」

「シリルがさっき、泣いている女の子を慰めていた。別に抱きしめていたわけでもないけど、縋られて突き放せなかったっぽい。あの時から仲直りできてなかったから、不安になって泣いてしまったんだ」

さっき私が見た状況を端的に表せば、そうなってしまうかもしれない。

今、シリルの傍《そば》に居ない私は、不安になってしまった。

「ああ。フィオナは、それを見たのか。泣いているのも納得した。シリルと離婚するのなら、べつに俺と結婚すれば良い。な。フィオナ」

「私……私っ……シリルと離婚なんて……したくないです」

また涙をこぼした私に、二人は驚いた顔になった。

「……おい。ライリー。冗談にならない。それを今言うのは、流石に駄目だろ」

「ごめん。フィオナ」

ルーンさんに咎めるようにさとされて、ほんの冗談のつもりで口にしたらしいライリーさんは申し訳ないと眉を寄せて私へ謝った。

◇◆◇

落ち込んだ私は、家に帰って閉じこもっていた。

そこへどこからか私が実家に帰っているという話を聞きつけた幼馴染みのジャスティナがやってきた。

遊びにくるのはいつものことなので特に案内役を介することもなく、ジャスティナは勝手知ったる様子。

「フィオナ……？　私よ。フィオナ。え。何？　どうしたの？」

「ジャスティナ……どうしよう！」

ベッドで泣いていた私は、心配して顔を覗き込んだ彼女に抱きついてしまった。

ジャスティナはそれに驚いていたようだけど、ポンポンと背中を叩《たた》いて慰めてくれた。

「どうしたの……？　シリル様と喧嘩して、こちらに帰ってきていると、おば様から聞いたけど……」

お母様のお喋りは今に始まったことでもないし、ジャスティナになら知られても支障はないからもう良いわ。

私は隣に腰かけたジャスティナと離れてから、これまでにあったことを順序立てて話すと、黙ったまま頷いて聞いてくれていた彼女は驚いた表情をした後で苦笑した。

「フィオナったら……貴女って少し目を離すと、誰にも言わずに結婚をしているし……また、こんなに短期間で、本当に色々あったのね」

確かに私の最近の出来事の目まぐるしさは、とんでもなくおかしいと自覚はしている。

「どうしよう……ねえ。ジャスティナ。シリルが、私じゃなくても良いって気がついてしまったら？　だって、ベアトリス様の件はもう解決しているもの……私と離婚して、ほかの女の子と結婚したらっ……」

「もう……少し落ち着いて。ねえ。フィオナ。貴女……シリル様のことが、本当に好きなのよ。好きでもない男性に何をされても言われても、そんなに動揺なんてしないはずよ」

ジャスティナが私の両腕を優しく摩《さす》って、とにかく落ち着くようにとゆっくりと話してくれたので、興奮していた私は何度か深呼吸をした。

「あ……私……」

確かにシリルに嫌われてしまったらどうしようというよくわからない不安を抱えて、だからこそ必要以上に大きく動揺してしまった？

私……だって、今もシリルに会いたくて、たまらないのに。

シリルが何をどう思っているのか、彼の気持ちを知ってしまうのが、すごく怖い。

「大丈夫よ。フィオナ……不安に思うことなんて、何もないわ。シリル様がフィオナのことを好きだというのは、私にも伝わってきたもの……羨ましいくらい。ねえ。フィオナ。ここで泣いていても、仕方ないわよ。とりあえず、シリル様に会ってみたらどうかしら？」

「ジャスティナ……」

「大丈夫。大丈夫……フィオナ。勇気を出して、シリル様に聞いてみて。きっと、上手くいくから」

◇◆◇

私と一緒に帰ってきたはずのルーンさんは、ライリーさんがさっき決めてきたという新居を見にいったらしい。

だけど、そのついでにと先ほどの下町の駐在所へと訪ねれば、行方不明事件の指揮官であるシリルはまた仕事で城へと戻ったらしいと言われてしまったそうだ。

シリルは多忙すぎていろんな場所を行ったり来たりしているようだ。そんな中で大した用のない私に付き合わせてしまって良いか迷う。

「あの女。俺の見たところ、すごくタチが悪そうけど……絶対これから面倒起こるし、俺と逃げる？　フィオナ」

ルーンさんはいつもみたいに揶揄ってそう言ったけど、私は首を横に振って微笑んだ。

「ルーンさん。私……ちゃんと、シリルの話を聞いてきます」

「うん。まあ……とりあえず、二人は向かい合ってちゃんと話した方が良いと思う。あいつも考えなしに王都で戦闘をしようとしたことは、だいぶ反省したみたいだから」

少し前にショックで泣いていた私がシリルに話を聞きに会いにいくと言ったら、二人とも安心したようにしていた。

そして、私はジャスティナの乗ってきたエリュロトン家の家紋付きの馬車で、彼女に城まで送ってもらった。王の住む城への道のりは、私たち貴族にとっては慣れたものだ。

王主催のお茶会や夜会は城の大広間で開かれることが多く、私たち貴族の仕事ともいえる社交では、それが一番華やかなものだから何度も何度もこの道を辿ることになる。

「ねえ。フィオナ。やっぱり……私も一緒に行こうか？」

城に着いてまでジャスティナは私を心配してそう言ってくれたんだけど、私は馬車を降りながら首を横に振った。

「ううん。大丈夫。とにかく、シリルに話を聞いてくるね」

「うん。頑張ってね」

心配そうな表情をしたジャスティナに微笑んで軽く手を振ってから、私はシリルが仕事をしているという、職場である軍部への道を辿り始めた。

何気なく城の大廊下を歩いていたら、見覚えのあるふわふわとした金髪の女の子が、大きな足音を立ててこちらに歩いてきて、私に強い眼差しを向けてきた。

この子……シリルに抱きついていた子ではないかしら？

「あ！　そこの人！　……シリルと結婚した、フィオナさんでしょう？」

「……初めまして」

私はロッソ公爵夫人と呼ばれる、貴族なのだけど。庶民の彼女からこんな風に声をかけられるなんて通常であればあり得ない。

とりあえず、私のことらしいから挨拶だけは返したけれど知らない人であることを示すように足を止めて一歩引いた。

周囲の人たちは何が始まるのだと、驚きつつ足を止めていた。

彼女は私の態度を見て、とても気に入らないと言わんばかりに目を細めて胸を張って言った。

「シリルは元々、私のものなのよ」

「あの……それは、どういう意味ですか？　シリルは私と結婚しています」

もしかしたら……この彼女とシリルは以前に、付き合っていたのかもしれない。

けれど、現在シリルと正式に夫婦として結婚しているのは私だもの。

一体ここで何を言い出すのかと果敢に顔を上げて彼女を見返せば、期待通りの結果を得られなかったのか、面白くなさそうにフンッと鼻を鳴らした。

「知っているのよ。どうせ……貴女との結婚は聖女様から逃げるための、隠《かく》れ蓑《みの》なんでしょう？」

何もかもそちらのことはお見通しよと言わんばかりのふてぶてしい表情に、私は苛《いら》立《だ》つ気持ちを隠せないままで言い返した。

「それは……シリル本人から直接聞いたんですか？　ご自分の勝手な想像で、私たち夫婦のことに口出ししないでください。本当に迷惑なので」

とっても、迷惑なので。そんな気持ちを伝えるように彼女をじっと見つめた。

「聖女様が勇者シリルと結婚したいからと国王に無茶なお願いをしたために、元ノワール伯爵令嬢を仮の妻としていることは、国中で噂になっているのよ。え。やだ。本人のくせに。もしかして、そんなことも知らなかったの。良いとこの貴族のお嬢様だから、世間にうといのかしら。少しは周囲に、気を配った方が良くないかしら」

「それはっ……」

心底馬鹿にしたようにくすくすと意地悪な笑いを浮かべた彼女に、その事実を知らなくて動揺してしまった私は咄嗟に言葉を出せずに、何も言い返せなかった。

確かに、私たちの結婚生活の始まりはそうだ。私とシリルは最初、そういう理由があったから結婚した。

けど……成り行きで結婚したはずの私たちの心は今、お互いに通じ合っていて……他の誰にもそんなことを言われる筋合いなんて、何もないはずなのに……悔しい。

「貴女なんて、ただその時に結婚相手を探していたシリルの近くに居ただけの人でしょう。私はシリルととっても親しい幼馴染み。幼い頃から彼の家族だって知っているし、シリルのことだってよく知っているの。貴族だからって自分が勝っているとでも思っているの？　シリルは勇者で公爵なのかもしれないけど、庶民だから下町で生まれ育ったのよ。彼の本当に望んでいるものを、貴女はあげることができるのかしら？」

「シリルが、本当に、望んでいるもの……？」

　そんなこと、わからない。

　私が呆然として呟《つぶや》けば、彼女は私の隣を通り抜けつつ、ふんっと鼻で笑った。

「ああ。そんなことも、知らないの？　偽物《にせもの》の夫婦なんて、そんなものよね。シリルが、本当に可哀想」

　私は彼女に何も言えなくて、身を翻した。結局、シリルに会わないまま馬車に戻ってきてしまった。

　今日もまた、逃げてしまった。意気地なしだ。本当に駄目だった。

　待っていると約束をしていたジャスティナの乗っている馬車は、降りた時と同じ場所に停《と》められていた。扉を叩けば、ジャスティナの不思議そうな声。

「はい？　あら……まあ、どうしたの？　フィオナ。私が思っていたより、すぐに旦那様に会えたのね。びっくりしちゃったわ」

　さっき行ったばかりの私が、思っていたより早く帰ってきたからか、本を読んで馬車で待っていたらしいジャスティナは、とても驚いているようだった。

「ジャスティナっ、さっき、シリルの幼馴染みだという女の子に会ったの。私との結婚は偽物の夫婦だから、彼は何も話さないんだって……私は……もう、聖女様のことが解決したから、用なしなのではないかしら」

　途切れ途切れになりながらも懸命に話したら、ジャスティナは幼い頃から彼女がそうしてくれたように落ち着かせるため背中を摩って優しく慰めてくれた。

「フィオナ……ねえ。まだシリル様ご本人の気持ちは、聞けていないでしょう？　だから、面と向かって彼へ聞いてみましょうよ。きっと、それを聞けばびっくりした表情になると思うわよ。誰がどう考えても、幼馴染みの女の子がシリル様と結婚したフィオナに向ける嫉妬だもの」

「ジャスティナ……」

「これは、仕事場でできる話でもないし……そうよ。ロッソ邸で待っていたら？　ゆっくりと時間をかけて話せばきっと、貴女たち二人ならちゃんとわかり合えるわよ」

「うん……私ね。シリルと出会ってから色々あったでしょう。もう私は自分のことを卑下したりしないって、思ったの。大切な人とわかり合うことを、自分から諦めたりしないって……そう思ったの」

「なんだか、本当に変わったわね。貴女にならできるわ。そうよ。エミリオ・ヴェルデに啖呵を切った話もすごく爽快だったわ。今の貴女なら、なんでもできると思うもの。フィオナ」

　話し合った私たちは、とにかくロッソ邸へと向かい、シリルの帰宅を待つことにした。

　そんなこと、あるわけがないんだけど。

　もしかしたら……彼女のところに行ってしまったのかもしれないと、不安でドキドキしつつ家路を急いだ。

第五章　対決

「奥様！　お帰りなさいませ」

　執事アーサーは私が久しぶりにロッソ公爵邸へ帰宅したと他の使用人から聞いたのか、慌てて玄関ホールへと駆けつけた。

「出迎えてくれて、ありがとう……アーサー。何か変わったことはある？」

　とはいっても、アーサーはほぼ毎日必要書類を持ってノワール伯爵家に日参していたので、彼とは昨日も会っている。

「いいえ……少々お待ちください。旦那様からの指示で、奥様が帰宅されたことを、すぐにお知らせしなければ……」

　アーサーが近くの者に指示を出そうとしたのを見た私は、慌ててそれを止めた。

「待って！　それはしないで。アーサー。シリルは今、とても忙しいと聞いているし……私は彼が帰ってくるのを待ちたいの」

　私だって……寝る間を惜しんで働く、シリルの仕事の邪魔をしたいわけではない。

「しかし、旦那様から奥様が帰られたら何があっても、すぐに知らせるようにと指示されています」

シリルがアーサーへ残したという指示を聞いて、私はふふっと微笑《ほほえ》んだ。

やっぱり……こんなにまでまっすぐに愛してくれるシリルが、妻の私を裏切るなんて考えられない。

「それでは、私は夫の部屋で待つことにするわ。そうすれば、深夜に帰ってきても会えるから。アーサーお願い。彼の邪魔をなるべくしたくはないの」

「かしこまりました。奥様」

◇◆◇

夫の部屋はやっぱりというか、まだ殺風景なままだ。

私と話したあれから、まだ幾日も経《た》ってはいないし、すぐにシリルは王都での大がかりな行方不明事件にかかりきりで、何か物を増やすことなんてまだ考えられないのだろう。

奥の壁に立てかけられることが定位置らしい聖剣エンゾは、シリルと共に出かけているらしい。

勇者の聖剣が喋《しゃべ》るなんて本当に不思議だけど、いつか私も彼と話してみたいと思う。

そんなこんなで、うとうとしながら深夜までシリルの部屋で待っていた。

シリルは私が帰宅していることを出迎えたアーサーから聞いたのか、慌ててノックもせずに扉を開いて部屋へと入ってきた。

「フィオナ！　帰ってきてくれたんだね!!」

シリルは魔法みたいな素早さで着ていた上着を脱ぎ白いシャツ姿になると、満面の笑みを浮かべ、驚いている私の隣に座った。

「待って。シ……シリル……近い。すごく近い」

彼の吐息さえも感じそうに顔が間近すぎて、恥ずかしい。

普通ならこんなにも顔を近づけるなんてあり得ないけど、シリルは私の夫なのだから、これが当たり前なのかしら。

「あ。ごめんごめん。つい。フィオナ。なんだか、久しぶりだね……俺が悪かったんだけど、会えて嬉《うれ》しいな」

シリルは彼に会ったという事実だけで、頭の中でぐるぐるしていた嫌なことを、一気に吹き飛ばしてしまうくらいの明るさを持っている。

「シリル。私も会えて嬉しい。お仕事、お疲れ様」

灯《あか》りを抑えた照明の中でも光を弾《はじ》くような金色の髪に、透き通る青い瞳。

こんな時間まで働いて大変だったと思うのに、疲れた様子なんて全く見えない。

常に明るく生き生きとして、快活そう。流石《さすが》は、世界を救った勇者様。

私はシリルがただ世界の中で最強な男性だというだけで、勇者に選ばれたとは思えない。

人々の希望の勇者たる資質を、すべて兼ね備えている人。

「ああ。フィオナ。アーサーには知らせるように言ってあったんだけど、フィオナ本人に止められたことは聞いたよ。君のためなら一日くらい休んでも良かったのに」

そう言って、心底悔しそうな表情を浮かべたので、彼の可愛《かわい》らしい仕草に私は思わず苦笑した。

「いいえ。だって、お仕事は、ちゃんとしてほしいわ。シリル。貴方は気ままに冒険をする冒険者で、勇者だったかもしれないけれど、今は、多くの領民を抱える貴族なのよ」

私は叱るように言ってしまった時に、しまったと思った。

これって、今する話でもなかったかもしれない……確かに、権力に付随する義務は貴族の基本的な考えではあるんだけど……今、話さなくても良い話であることは間違いない。

そんな私の焦《あせ》りを感じ取ったのか、シリルは気にしないでと言わんばかりに頭を撫《な》でて微笑んだ。

「そうして、俺を怒ってくれるフィオナが好きだ。本当に会いたかったよ！　仕事が忙しくて、なかなか会いにいけなくてごめんね……手紙は、読んでくれていた？　あ。そうだそうだ。ルーンに伝言を頼んだんだけど、あいつから、なかなか連絡ができなかった理由も、詳しく聞いてくれた？」

「え？　ええ。シリルは今、お仕事で大変だって聞いて……私。そうなの。ごめんなさい。あの花壇は思い入れがあって……つい。あんな風にとりつく島もないくらいに怒ってしまって……」

アーサーから亡くなった奥様の話を聞いて、それでぜひ造りましょうと私が提案した花壇だったから、それが壊されて一気に頭に血が上ってしまった。

シリルだってきっと、あの時に私があんなに怒るとは思わなくて困惑したはずだ。

「いやいや。何を謝っているの！　あの後、庭師のジョージにも謝って直してもらって彼から話を聞いたんだ。フィオナはアーサーの思い出の花を聞いてこだわりを持って植えていたんだと。俺が何もかも全部悪かったんだよ。フィオナが謝ることなんて、何もない……けど、フィオナが俺を怒ってくれて……実は嬉しかったんだ」

「……え？　どうして？」

　シリルの行動を怒ったことに対し、彼が嬉しかったという感情に結びつかなくて私は戸惑った。

「あのね。あれは俺が絶対に謝ってくるとわかってて、フィオナは怒ったんだろう？　だから俺のことを、信頼してくれているんだとわかったんだ。人は仲直りできない相手と、こんな風に喧嘩《けんか》なんてしない。怖がって何も言えないと萎縮するか、わかり合えないと諦めたら、ただ離れていくだけだ」

「シリル……」

　確かにそうだ。彼の言う通り、シリルはきっと私に謝ってくれるだろうと信じていた。

「だから、フィオナは俺を信じて、自分が嫌だからと素直に怒ったんだなぁと思ったんだよ。うん。嬉しい。なんでかっていうと、フィオナは俺に心を開いたからこそ、ああして怒ったんだ。だから、俺たち二人は、だんだんと夫婦になっていることがわかって、とても嬉しいよ」

　にこにこと気分良く微笑んでいるシリルは、本当に嬉しそう。

　私はそれを見て、涙が込み上げてくるのを感じていた。

　シリルの言う通りだった。

　もし、彼と出会ったばかりの自信がない私ならば、こんな風に自分は嫌だと感じたからと彼に怒ることなんて、できなかったはずなのだ。

　嫌だったという感情も押し殺して、無理をしてなんでもないと微笑んでいた。

　けれど、今はシリルを信用して怒ることができているんだ。

「シリル。私。ずっと、会いたかったの……シリル！」

私は心からの気持ちを言葉に出して、隣に居た彼に抱きついた。

いきなりだったのに、なんなく受け止めてくれたシリルの腕の中は、前にも思ったことのある通り、この世界の中の他のどこよりも安心できる。

私が素直に怒ったり、自分にとって嫌なことをされて不機嫌になったりしたとしても、シリルが謝ってくれるとわかっているからだ。

私がシリルに怒ったのは、彼を心から信頼している証拠。

それはシリルの言葉の通りだった。

だって、出会ってから今まで、シリルが私の期待を裏切ったことなんて、一度もなかったもの。

「俺だってすごく会いたかったよ。フィオナ。けど、君に会えない時があればあるほど、俺の想いは深まった。自分の傍《そば》から居なくなって、君に早く会いたいと。だから、フィオナのことが、本当に好きなんだと思ったんだ。怒ってくれて嬉しいけど、会えないのは嫌だから、なるべく怒らせないようにするね」

曇りのない笑顔でにこにこと微笑んでくれているシリルが、上手《うま》い嘘《うそ》をついたり何か隠したりしているなんて私には絶対に思えない。

そうよ。やはり、彼にこうして会ってしまえば、シリルの気持ちは疑いようもない。

目の前で、誰かに素直に気持ちを聞くということは、大事なことなのだ。

シリルの気持ちを、私の都合のいいように、自分勝手に決めつけてはいけない。

とは思うものの、この目で見てしまった光景は消せない。信じたい。彼は信じられると思うから。

意を決して顔を上げた私を不思議に思ったのか、シリルは小さく首を傾《かし》げた。

「あの、シリル。私……見てしまったの」

「え？　何を？」

驚きに目を見開いたシリルは、何を言われるのかと不思議そうに待っていた。

「あの……幼馴染《おさななじ》みの女の子と、会っているんでしょう？　今日だって、彼女は……城に居たわ」

「ああ。幼馴染みの女の子ってエマのこと？　そうだね。あいつと俺の共通の知り合いが何人も行方不明になっているから、事情聴取で何回か会ったね」

シリルの様子に、全く動揺なんて感じられない。

「えっと……」

仕事でしか会っていないのに、なぜ気にしているのかと言わんばかりのシリルに、私はエマさんのことをどう説明して良いのか戸惑った。

理由なくシリルを疑ったと誤解を招きそうで、少し怖いからだ。

エマさんは貴方《あなた》のことを、自分のものだと主張していたんだけど……。

「あの……泣いていた彼女を、慰めていたでしょう？」

私が言いにくそうに言うと、シリルは驚いた顔をして私のことを抱き寄せた。

「ああ！　あれか！　それは、フィオナも偶然見て、驚いたよね。誤解させてしまって、ごめん。エマと会っていたのは、全部仕事なんだ。彼女にとって親しい人物が何人も居なくなっているから、話を聞いているうちに、どうしようと抱きついてきて泣かれてしまったんだけど、事情が事情なだけに突き放すこともできなくて」

「そうだったのね」

彼女が泣いていた事情を聞いて私がほっと息をつくと、シリルは複雑そうな表情を浮かべた。

「それに……俺はあいつをそういう対象には見れない、どうしようもない事情があるんだ。これを聞いたら、フィオナもきっと納得してくれると思う」

「……え？　事情？」

エマさんは可愛らしい女性だった。

それに、彼女はシリルと昔から良い仲だったように言っていたのに。

元々、シリルは彼女と付き合っていたわけではないの？

「あのね。いい？　フィオナ。俺がエマと恋に落ちることは、あり得ない。なぜかというと……あいつこそが、幼い頃から俺のことをチビチビと馬鹿《ばか》にしていた奴《やつ》の一人だからだ！　あいつはそれは過去のことだと今は都合良く忘れているようだけど、虐《いじ》められた側は絶対に忘れない。その上に俺には既に可愛い妻のフィオナが居るし、君とはこれからも幸せに暮らすから。他の女性と浮気なんて、絶対にあり得ない」

シリルは私の勘違いを一蹴して、エマさんと何か恋愛関係になることはあり得ないと怒ったように言った。

「あ……そうよね。確か、シリルは身長がなかなか伸びなくて……それが、あの人なの？」

今ではこんなにも背が高いシリルからは信じられない過去だけど、以前にチビだチビと馬鹿にされたと言っていた。

だからこそ、負けん気でここまで強くなれたんだと。

「そうそう。エマなんて、絶対嫌だよ。男勝りのお転婆《てんば》が大人になって、少々は大人しくなったみたいだけど、俺の好みの女性とは、かけ離れているから」

「シリルの好みって、どんな女の子なの？」

私はなんとなく聞いたんだけど、シリルの顔は見る間に真っ赤になった。

「それは……俺の好みは、フィオナに決まっているよ。でないと、出会ってすぐに結婚なんてしないよ。可愛いし困っている人を放っておけなくて優しいし、それに素直な性格で真面目で可愛いし、俺の妻としての仕事だって、ちゃんとしてくれるし、本当に最高だよ。それに、同僚にも奥さんが可愛いって、いつも羨ましがられて……」

「シリル……待って。また可愛いって、何回も言ってる」

このまま聞きたい気持ちもあるけど、このままではいたたまれない気持ちになりそうだったので、私はシリルの褒め言葉を止めた。

恥ずかしい。けど、嬉しい。

まさか夫から自分への惚気《のろけ》を聞くことになるなんて、ひと月前に求婚者が現れないと悩んでいた私は思わなかったはずだ。

「うん。ごめん。けど、誰よりもフィオナは可愛いからね……仕方ないよ。それって、ただの事実だし」

シリルは何の悪気もなく、そう言った。

「もうっ……あ。あのね。そういえば、シリル。あの……私、気になっていたことがあったんだけど……」

とにかく、嬉しいけど恥ずかしいという説明しがたい感情になってしまう話を早く変えようとした私は、以前から彼に聞きたかったことを聞いた。

「うん？　良いよ。何でも聞いて？」

「その……聖剣エンゾさんなんだけど……いつもシリルの部屋に、居るわよね？」

「ああ。そうだね。俺も別に魔法を使って戦えないこともないんだけど、近接攻撃だと聖剣があれば、機動力だって違うし……俺にとっては仕事道具だから。手放せないよ」

シリルは勇者とはいえ、ルーンさんのような魔法使いやベアトリス様の聖女のようなことも、ある程度ならできることは私も知っている。

ただ、あの二人は突出してその能力が高いのに対し、勇者のシリルはそれぞれの能力の平均値が高いのだろう。

「違うの……あの……私たち、ここでいずれ一緒に寝ることになるでしょう？」

「うん。そうだよ。夫婦の寝室だからね……結婚式の後からは……」

顔を赤くしたシリルは、私の言葉に照れたように頭を掻《か》いた。

この様子では、私の言いたいことが、わかってもらえていないかもしれない。

「あの……エンゾさんって、その時も同じ部屋に居るの？」

同じように照れている私の言わんとしていることに、シリルはようやく気がついたようだ。

「あ……っ！　そうだね。俺たちの寝室の隣に、エンゾの部屋を作ろう。今度、機嫌の良さそうな時に、あいつの好みを聞いておくから……フィオナ。早々に用意しておいて」

今は帯剣していないようなので、きっと帰宅した時にアーサーにでも預けているんだと思う。

急に真面目な表情になったシリルに、私は吹き出して笑ってしまった。

「もちろんよ。彼の部屋は、最高級のもので揃《そろ》えましょう。シリル」

「フィオナ。ごめんね。俺はあまり気にしないしそういうことに気がつかないから、君が気になることはなんでも言ってよ」

「ううん。私、エンゾさんには最高級のお部屋を作ってあげたいと思っていたから、本当に嬉しい」

「……そうなの？　どうして？」

シリルは私が今まで同じ部屋に置いていたエンゾさんの部屋をわざわざ作ってあげたいと言ったことに不思議そう。

それも、そうだと思った。

これって、私の気持ちではあるけれど、シリルにはわかりにくいだろう感情だもの。

「だって……私のことを、困っていたシリルに良い子だよって、お勧めしてくれたのよ。いくら返しても、返しきれない大きな恩があるもの」

◇◆◇

王都の下町出身だということもあり、今回の事件捜査の総指揮を任されているらしいシリルは風呂に入り着替えに戻ってきただけだったようで、すぐに仕事へと向かっていった。

ここ数日喧嘩をしていた私と、こうして話し合って仲直りできたことで胸のつかえが取れたようだと、にこにこと機嫌良くしていた。

忙しい彼を見送った私は、昼過ぎまで眠って、アーサーにエンゾさんのお部屋について相談しようと思っていた。

できれば、レースの天蓋付きのベッドを用意してあげたいんだけど……私の趣味になってしまう。やっぱり、シリルに聞いてほしいとお願いしているから、「ご本剣」の好みを聞いてからの方が良いかしら。

けれど、シリルが言ってくれたように、こうして喧嘩することは、長く生活を共にしていく夫婦にとっては良いことなのかもしれない。

シリルに許せないことをされたと思い怒っていた私だって、離れた冷却期間には彼の気持ちを考えようと冷静になるし、ああして二人の気持ちを明かすことで、少しずつ彼との距離が縮まっていくように思えた。

ただ、こうして人の命がかかっている大仕事をしている時に、彼と喧嘩をするのはやめようと反省した。

シリルは多くの国民たちにとって大事な仕事を任されているし、私やこの邸《やしき》に居るロッソ公爵家に雇われた使用人たちは、そうして彼が稼いだお金や領民からの税金で日々のご飯を食べて生活をしているのだから。

私のわがままで、シリルの大事な仕事に迷惑をかけられない。

そういえば、今居る使用人の詳しい身元調査もしなければ……エミリオに買収された使用人は、もし居たとしても雇われている本人が国外追放になるから、もう何の意味もないけれど、何かあってからでは遅いし怖い。

着替えを済ませ遅いブランチを取り終えた私は、今の時間は書類整理をしているはずの執事アーサーと合流することにした。

けれど、階段の辺りを通りがかった時に、言い争うような声が聞こえて私は螺旋《らせん》階段の階下を覗《のぞ》き込んだ。

「……っ！　……！」

「ですから……奥様はっ……」

甲高い声。

言い争っている内容はよくわからないけれど、女性とアーサーが言い争っている……？

アーサーがあんな風に声を荒らげたりするなんて、珍しい。

誰かしら。

不思議に思った私は、警戒しつつ階段を下りた。

「……あ。エマさん……？」

そこに居たのは、シリルの幼馴染みエマさんだった。

気が強そうな赤いつり目に、ふわふわとした金髪を黒いリボンでひとつに纏《まと》めている。

動きやすそうな上下に分かれた服を着て、それに不釣り合いな大きな緑色の宝石のブローチを胸に留めていた。

なんだか、とてもちぐはぐな印象だと、そう思った。

まさか彼女が邸にまで押しかけてくるなんて思っていなかった私は驚き、その様子を見てエマさんは挑戦的に微笑んだ。

「あら。シリルの奥様。流石にこんな広い邸を探し回るのも面倒で……呼び出してもらいたいってこの彼へ言ったのに、頭の固い執事は全然聞いてくれなかったの。とてもとても、会いたかったので、嬉しいわ……いいえ。違うわね。仮の妻だったかしら？」

にやにやと嫌な笑いを浮かべたエマさんの前に立ち塞がるようにしていたアーサーは、本気で怒ったように顔を歪《ゆが》めていた。

私はアーサーへ手を上げてここはもう良いという指示を出したので、彼は渋々一歩下がった。

貴族の邸を訪問するのなら、先触れは当たり前のマナーだ。初歩中の初歩といって良い。

いいえ。庶民の常識に従ったとしても、夫からの話を聞く限り彼女はシリルと親しいわけでもない。

ここに来ても自分が歓迎されるはずもないことは、わかっているはずだ。

突然の訪問に、使用人が拒否することは想像できただろうにそれをわかった上で来たんだわ。

きっと、何か良からぬ目的で。

「シリルは私の夫ですし、何もかも噂《うわさ》に過ぎません。昨夜、直接彼と話しました。貴女《あなた》の言うこととシリルの言うこと……私が、どちらを信じると思います？」

こうして自分に対し、私が攻撃的な言葉を放つと思ってもいなかったのか、エマさんは訝《いぶか》しげな顔になった。

「やっぱり……本当に、変だ。宝石の効果が、完全に切れているわ」

「……宝石？」

彼女の言葉が理解できていない私は、ただただ不思議に思って首を傾げるしかなかった。

「ああ……これのことよ。あんたは、エミリオの妻となるの」

こともなげに、彼女は胸のブローチを指差した。それに見覚えがあると思っていたのは、今彼女が名前を口にした人物がよくつけていたものと似ていたからだ。

もし、夜会用の豪華なイブニングドレスにつけられているならば、何の違和感も抱かなかっただろう。

そう。さっきの私は、彼女を見た時に確かに思った。庶民的な服なのに、不釣り合いな大きな宝石をつけていると。

「もしかして……それは、エミリオが夜会の時につけていた宝石と同じものなの？」

察した私が淡々と静かに問えば、エマさんは大きな声で嘲るように笑った。

「それそれ！　これは人の精神を思うままに操ることができる宝石なの。あんたがキレて私のところに来たら、エミリオの元へと連れていくはずだったのに……こうして強硬手段を取るしかできなくて……本当に、残念」

ぱあっとキラキラとした緑色の光が辺りに放たれて、私とエマさん以外の使用人たちは呆然《ぼうぜん》として動きを止め固まってしまった。

「皆っ……！　何をするの。なんてことをするの！」

「さっきも言ったでしょう。この宝石は精神を操ることができるから、こういうこともできるのよ。だから、わかるでしょう？　私の言いたいこと」

つまり、私を操ることだって、なんてこともないってことなのかしら。

レベッカお姉様は、宗教の信者は人が変わってしまうと言っていた。

まさか。

「え……待って。待って。王都で噂の宗教団体も……今回の失踪事件も……貴女が……関わっている？　それにもしかして、エミリオは……宝石を使って、私やジャスティナの心も、操っていたっていうの!?」

そうだ。エミリオは私の精神状態を悪化させるために、様々な手段を講じたはずだ。

未婚だった私に近づく男性を彼の持つ権力や金銭を使って牽制《けんせい》したり、親友のジャスティナを使ったりと、私の詳しい様子を探ったりもしていたようだ。

もしかして、それで私をいつもより気弱にしたり、ジャスティナが私を裏切るような形に導いたり、未婚の令嬢の中から結婚相手を探しているはずの若い男性たちが、誰も近寄らなかったり……？

それもこれも、全部、この緑の宝石の仕業？

今、彼女がその気になれば、私を完全に洗脳し、連れていくことも可能なのかしら……。

だから、彼女はこんなにも余裕ある態度を崩さず、私より優位に立っていると思っている。

どうしたらいい？

ここで、私がすんなり彼女に誘拐されてしまえば、誰にも見つけてもらえないかもしれない。

「私はそのジャスティナって子のことは、聞いたことないし知らないけど、大体はあんたが今思っている通りだと思うよ。エミリオは時間をかけて少しずつバレないように上手く暗示をかけたはずなのにって、たっかい酒の瓶を割って暴れていたから」

つまらなそうな態度で、そう言った。

自分が完全に優位な立場にあるとわかっているので、すぐにどうこうしようという気はなさそうだ。

とにかく、誰かの目に触れるように時間を稼がなくては……シリルやルーンさんが運良く来てくれるかもしれない。

ここへと帰ってきてくれたら、彼女には決して負けることはないだろうから。

「……エミリオエミリオと、あんな男と随分と親しそうなのね」

敢《あ》えて嫌な言い方をしようとは思ったんだけど、私はどうしてもあの男に対する嫌《けん》悪《お》感を隠せずに、眉をひそめて言った。

もし、国外追放されてから彼と知り合ったのなら、エミリオと彼女の距離が近すぎるような気がしたから。

「そりゃあそうよ……長い付き合いだもの。私たち。あんたがエミリオの妻になるのなら、私たちはこれからも長く共に過ごすでしょうね」

「あの……何の話をしているの？　エミリオはついこの前まで、ヴェルデ侯爵家の嫡男だったでしょう。庶民の貴女と接点なんて……ないはずよ」

貴族と庶民の身分差は、明確で話すこともそうそうない。

「それがね。あるのよね。だって私たち二人は、秘密結社シュトランジのメンバー同士。私は下《した》っ端《ぱ》だけどあいつは、黒ビショップと呼ばれる幹部なの」

どうせ私に何を言っても逃げおおせることはないと思っているせいか、ぺらぺらととても饒舌《じょうぜつ》に話した。

秘密結社シュトランジの名前は私も、何度か聞いたことがあった。王都では幼い子どもを躾《しつ》ける時の脅し文句にも、使われることがあるらしい。

「悪いことをしていると、あいつらに攫《さら》われてしまうよ」と。

権力者や富豪にも狂信的な仲間たちを多く抱えているという、秘密結社シュトランジ。

彼らは世界的に禁じられている人身売買にも手を染めて、悪の限りを尽くしているという。

王都でも悪名が轟《とどろ》いてはいるけれど、都市伝説のようにどうせ話が大きくなっただけだろうと思っていた。

まさか……本当に、こんなにも身近に存在していたなんて。

「待って……この前から起こっている失踪事件も……そうなの？」

「あらあら。気がついた？　そうなの。この方法は、私が提案したのよ！　エミリオにもし、この宝石をくれたなら、シリルの奥さんを、取り戻してあげるって言ったの。そうしたら、これは世界に一個しかないのに、私にくれるって約束してくれたわ……ほんっとうに、あいつに愛されているのね」

エマさんは面白がってそう言ったけど、私の背筋には怖気《おぞけ》が走っていった。

「やめて……どうして、私にそんなにまでこだわるの」

エミリオの執拗《しつよう》なまでの気持ちが、いまだに自分に向けられていると聞いて、思わず吐きそうになってしまった。

「あんたからシリルを上手いこと引き離すつもりだったんだけど、なんでだか知らないけど魔法使いと常に一緒だし……一人になる機会をうかがっていて良かったわ。さ。無駄口もここまで。エミリオが待ってるわ。そろそろ行きましょう？」

いけない。

策士らしい考えを持つ彼女ならば当然だろうけど、私の矢継ぎ早の質問は、単なる時間稼ぎだとわかってしまったようだ。

他に何をどうしたら良いの。

このままでは、心を操られて彼女の思うままに事態が進んでいってしまう。

「……待って。シリルは、その宝石では、操れなかったということなのね？」

「ああ……確かにそうだったわね。シリルは勇者だからかしら？　せっかく私が誘ってあげたのに、色仕掛けにも全然のってこないし、情報もくれないし、本当に無駄な時間だったわ」

馬鹿にしたようなエマさんの笑いを見て、私の心にはふつふつと怒りがこみ上げてきた。

私に異常な執着を見せるエミリオのことは、もう良い。

だってそれって、私がシリルに会う前から自分が抱えていた問題で、エマさんがここに居るということに関しても私という存在が引き起こしてしまったトラブルだったと言える。

私が許せないのは、何も悪くない夫シリルを利用して、彼を馬鹿にしたことだ。

その時の私は勇気を出して、きっと一生の中でも、初めての馬鹿なことをしたと思う。

看板を持って結婚相手を募った、あの時のシリルみたいに……決まりきっていると考えられていた悪い未来から逃れるために！

私はエマさんを睨《にら》んだままデイドレスの膨らんだ裾をひっ掴《つか》んで、彼女へと走り寄った。

「私の夫を、利用しようとしたの？　許さないから！」

上品な貴族令嬢が掴みかかるという、あまりの予想だにしない出来事に動揺したのか、喧嘩慣れしていそうなエマさんも、私の掴みかかった手を防ぐことしかできなかった。

双方ともに調《ととの》えていた髪は、いつの間にかぐちゃぐちゃ。エマさんの爪は尖《とが》っていて痛いけど、私の爪だって手入れは欠かしていない。彼女だって、私と同じように爪が痛いと思っているはずだ。

本来だったら、エマさんより力もないし、喧嘩の経験のない私が勝てるはずもない。

けれど、不意をつけたことで、良い勝負にはなっている。

エミリオもエマさんも、許せないし許さない。

自分の心を操られるなんて、もう二度と……誰にもされたくない。

何もせずに黙ったままで、何かを我慢するなんて、もう絶対に嫌なの！

二人取っ組み合いになり転がり回って、ドレスが裂けた嫌な音がしても、私は彼女を放したくなかった。

ここで諦めてしまえば、きっと私の心も人生も奪われてしまう。

そんなことは、させない！　絶対に！

「っ……フィオナ！」

興奮してまだまだ闘志に溢《あふ》れていた私の体は、ふわっと力強く抱き上げられた。誰かとその腕の主を見たら、出かけていたはずのシリルだったので、まさかと驚いた。

「シリル!?　帰ってきてくれたの！　え。どうして？」

シリルは抱き上げた私のボロボロな様子を見て、とても悲しそうな表情になった。

けど、パッと床へと下ろして、隙なくエマさんと向かい合った。

「おい。エマ……お前の周辺だけ、やけに失踪が多いと思ったら、そういうことか。結局のところ、俺の妻を誘拐することが目的だったのか」

私と取っ組み合いの喧嘩をしていた彼女は仰向けになって、気が触れたように笑い出した。

「ははは！　そうだよ！　あんな事件が起きたら、あんたは私に事情聴取しにくるしかないだろう？　あんたがこの事件の担当になることも、全部仕組まれていたんだ」

「……やたらとチビチビと馬鹿にしてきたくせに、色目を使うと思ったら、そういうことだったのか。犯罪集団に入るなんて、おじさんもおばさんも泣くぞ。エマ」

「親は関係ない。もう縁を切った。私の人生なんだ。私が決めるさ。それに、あんたが前にチビだったのは、どうしようもない事実じゃん。けど、どうして……こんなに早く帰ってきた？　あんたは、しばらく帰ってこないと思ったよ。だって、新しい証拠がいくつか出てきただろう？」

シリルが帰宅しないようにすべて仕組んだのにと、不愉快な様子を隠さないエマさんは吐き捨てるように言った。

「俺がベアトリスの代わりに、一時結界を張ったことも噂になっていただろう？」

そんなことも、王都では噂になっていたんだ……だとすると、聖女ベアトリス様の名前は、知らないうちに地に墜《お》ちてしまっているのではないだろうか。

何もかも失ったエミリオが、聖女のベアトリス様を売ったとも考えられる。

「ああ……そうだね。そこの妻とは、聖女様から逃げるための偽造結婚だという噂と一緒にね」

シリルが思わぬ帰宅を果たし、もう逃げられないと踏んだのか、彼女は床にだらしなく両脚を投げ出し座り込んで天井を見上げた。

「なんでそれをできる俺が、自分の邸に守護結界を張ってないと思うんだよ。ここで悪意のある力が働いた反応があれば、何を置いても帰ってくるだろう……その宝石を渡せ。俺の聖剣が、ひどく嫌がっている」

そっか……ベアトリス様の結界は、ある程度彼女の自由になる条件を付与することができると言っていた。シリルはロッソ公爵邸に何かあればすぐにわかるように、常に守護結界を張っていてくれていたんだ。

だからこうして、異変があるとすぐに、帰ってきてくれたんだ……良かった。

窮地の中で心に黒い絶望が広がっていても、諦めなくて本当に良かった。

「なるほどねえ……奥様が時間稼ぎをしようとしていたことはわかっていたんだけど、自分の力を過信したわ。これは私が言うことでもないけど……エミリオ。あの男……貴族の地位も剥奪されているし、何もかも失った。墜ちるところまで墜ちそうね。もう……私も関係ないけど」

彼女は自らの胸につけていた輝く緑色の宝石のブローチをぶちっと音を立てて乱暴に外し、手を差し伸べつつ硬い表情を崩さないシリルへと手渡しながら肩を竦《すく》めた。

◇◆◇

現行犯として捕らえられたエマさんは、城へと急ぎ移送された。

とりあえず、これで犯人は捕まり減刑を条件にエマさんは情報を教え、それを元に多くの被害者たちを保護した。

人身売買を実行していた犯罪集団の者たちは早々に逃げて捕まえられなかったけれど、失踪していた被害者たちは衰弱していたものの無事だったらしい。

本当に、良かった。

「しかし、心を操作できるという禁呪だね。エミリオはヴェルデ侯爵家の跡継ぎだった時から、こんなものに手を出していたのか。これが露見すれば一族郎党国外追放だってあるかもしれないのに。本当に信じられないな」

ここからは事後処理になりそうなので一度帰宅したシリルは、証拠品として彼女が身につけていた緑の宝石も城へと提出してきたらしい。

「そうよね……けれど、これで今までにあった不思議なことが、解決したような気がするわ。だって、普通なら私を裏切るなんて思いもしなかったジャスティナが、最終的にはエミリオの思うがままに動いていたのだもの」

人心を操る宝石。この存在で、これまでのすべての謎が解けてしまう。

自分へ逆らうことがないようにと、長い間狙っていた私に自信をなくさせ、思い通りに操作しようとした。

私の味方であるはずのジャスティナは、何かおかしい変だと思いながら、なぜかそのままエミリオの言葉に従ってしまった。

そうして、宝石の力以外にも策を巡らせて、夜会で私が誰にも誘われないような状況を作りだした。

本当に最低だし……シリルと出会って結婚できて、良かった。

「そうだよね。まだフィオナに執着しているようだし、本当に危険だ。俺の方でも独自に、国外追放されたはずのエミリオの後を追うよ。あいつ本人が手を下さなくても、今回のように人を使うかもしれない。なんだか、嫌な予感がするんだ」

シリルが真剣な顔をしていたので、隣に座っていた私は彼へとにじり寄った。

やっと家でゆっくりすることのできた彼は、厳しい表情を緩ませて、どうしたのと言わんばかりに微笑んで、私の頬に手を当てた。

「シリル。お願い。早く結婚式を挙げたいの。私。式用のドレスに使うヴェールは、もう……別のものでも良いから」

既に心を確かめ合ったシリルと私の挙式が長引いてしまっているのは、ひとえに私が選んだドレスの作成に時間がかかってしまうから。

あと出来上がりまで十カ月はかかると言われているし、優しい夫シリルは一生に一度のことだからと、私の着たいドレスが出来るまで待とうと言ってくれた。

けど、私は彼と早く、ちゃんと結婚したいという願いを持っている。

それなのになぜかシリルは慌てて後退《あとずさ》り、驚いた私へと手をかざした。

「待って……待って！　いや、違う。俺は妻への愛を試されても、どんな誘惑にも打ち勝ち待てる男だから……そういう可愛い妻の誘惑には、絶対に負けないから」

そう決意を込めて言ったシリルの顔には、『妻の誘惑には負けない』と書いてある。

けれど、それもこれも私が後悔しないようにと気を遣ってくれたから、そうしてくれているのだ。

だから、とても嬉しいんだけど……。

「もう……それは、負けても良いのに。わかったわ……シリル。貴方の言う通りにするわ。だから、シリルにはお願いをひとつ聞いてほしいんだけど……」

私が上目遣いで彼を見上げれば、シリルはパッと表情を輝かせた。

姉の言った通り、シリルは私に頼られたり甘えられたりすると、本当に嬉しそう。

可愛い人。

「うん。もちろん！　フィオナだったら、なんでも」

嬉しそうにこにこと、そう言ってくれるシリルに、私は幸せすぎて怖くなってしまう。

いつか、この人を手放さなければならない時が来るかもしれないと思うと、怖くて切なくなる。

そうならないように、たゆまず努力しようとも。

「こうして、毎日私と一緒に寝てくれる？」

仕事で多忙なシリルの帰りが遅くても、そうすれば、彼には必ず会える。

きっと彼は良いよと頷《うなず》いてくれるだろうと思ったんだけど、シリルはうるっと涙を浮かべて微妙な表情で首を横に振った。

「うん……フィオナ。ごめん。できたらそれは、式が終わってからにしたいな」

私たちが〈白い結婚〉だから愛のない偽装夫婦だと言われてしまうのなら、ベッドを共にしていると思われれば良い。

だって、横で眠るだけだもの。子どもが出来るような行為は、なんとなくふんわりとは知っているけれど、それをするのは結婚式の後にすれば、子どもは出来ない。

そう言って何度も説明したんだけど、シリルは泣きそうな顔で許してほしいと首を横に振るばかり。

これを言い出す、すごく良い機会だと思ったんだけど、シリルは結婚式が済むまではベッドは別々にしようと頑《かたく》なな態度だった。

……どうしてかしら。

結婚して嬉しいと言ってくれたし、彼は私のことを好きなはずなのに、納得がいかない。

◇◆◇

次の日、納得がいかないという感情をどうしても隠せない私と一緒に居ることを避けようとしてか、シリルはそそくさと事後処理の指揮を執らなきゃいけないからと朝早く登城していった。

私は自分の執務室で書類に長い羽根ペンで記入する手を動かしながら、シリルはなぜあんな風に私のお願いを拒んだのかを、頭の中でぐるぐると考えていた。

これまでの経験で、何か不安に思うことや不思議に思うことは、自分で結論を出すのではなく彼自身にぶつければ良いとわかったんだけど……シリルはこういったことには、男女では感じ方が違うと言葉を濁していた。

……ううん。そうよ。シリルは寝相が悪いとルーンさんだって言っていたし、もしかしたら、正式な結婚式を挙げるまでは私にそれを見られたくないのかもしれない。

そんなの。全然、気にしなくて良いのに。

寝ている時の姿が恥ずかしいと言うならば、私だって一緒だ。寝言を言っていたり、よだれが垂れていたりしないかしら……誰かに一緒に眠ってもらって確認するわけにはいかないけど……。

まだ納得はいかないけど、筋の通る理由を思いついて、私は手を止めてふうっと大きくため息をついた。

そういえば、私を誘拐しようと単身ロッソ邸に乗り込んできたエマさんは捕らえられたんだけど、主犯であるエミリオは捕まってはいない。

シリルは私への異常な執着を見せながらも国外追放されたはずの彼を、独自に追ってみたいと言っていた。今回の誘拐事件が一段落してからになるだろうけど……。

彼は罪を償うために国外追放をされたから、もし国境を越えて戻れば、すぐに通報されるはずだ。

なぜかというと、この国には守護結界を張れる聖女ベアトリス様がいるからだ。彼女に頼めば、そういった追放者を弾くように条件づけた結界を張るのも思うがままだ。

この前の大騒ぎは、彼女の庇護者《ひごしゃ》たる国王陛下や父親のヴィオレ伯爵だって考えられないことだと激怒していると聞くし、聖女ベアトリス様もこれ以上国外追放されて悪い要素しかないエミリオと関わるとは、とても思えないけど……普通の聖女は勇者に求婚する時に、国民の命を盾に取ったりなんてしない。

この先も用心しておくことに、越したことはないのかもしれない。

「奥様、奥様！」

前触れもなく乱暴に開かれた扉に、机に頬杖《ほおづえ》をついて考えごとをしていた私は驚いて立ち上がった。

「どうしたの！　アーサー！」

これは、緊急事態だ。

沈着冷静で真面目を絵に描いたようなアーサーが、そんな無作法をするなんて信じられないもの。

「奥様……どうぞ、気を落ち着かせてお聞きください。旦那様が、仕事中に大怪我《おおけが》をされたそうです」

荒い息を整えたアーサーの震える声を聞いて、私は事の重大さを悟った。

勇者であるシリルに大怪我を負わせることができる人がいるなんて考えにくいけど、こんなにもアーサーが動揺しているのだから、とんでもないことが起こったに違いない。

「すぐに行くわ……城へ向かう馬車の用意は？」

これは急がなければと、私は取るものもとりあえず、扉へと向かい廊下を歩き出した。

「知らせが届いた時に、既に御者へと言いつけてございます。奥様はこのまま旦那様の元へ行かれますか。私も同行させていただきます」

「ええ。何か必要なものがあれば、後でアーサーにこちらへ取りに戻ってもらうようにするわ。とにかく、急ぎましょう」

どうか、これは少し言いすぎてしまったという、大袈裟《おおげさ》な知らせでありますように。

「奥様！　お気をつけて」

「ええ。皆も落ち着いてそのまま仕事をしてね。何かわかるようなら、知らせるようにするから」

既にアーサーから伝えられているのか、動揺している様子の使用人たちを落ち着かせるのも、女主人たる私の役割だ。

自分の中の大きな混乱を、彼らに伝染させてはいけないと、にっこりと余裕をもって微笑んだ。

何人かの不安そうな使用人に見送られ、私は馬車へと乗り込む。

どうしよう……どうすればいい？

いいえ。

シリルの怪我の程度もわからないというのに、これからのことなんて、考えられるはずもない。

シリルがもし、ここで怪我をして寝たきりになったり、仕事も何もできなくなったりするならば、私がロッソ公爵家の当主代理となるのだから。

しっかりしないと……私は彼の妻なのよ。

どうしても震えの止まらない手を、ぎゅっと握りしめた。

自分でも止められないくらいの、強い震え。

不安が強くてガタガタと震えて、それを止めることができない。

当然だ。だとしても、身内に大きな不幸があったからと、ただ泣いているばかりでは何も始まらない。

私は夫シリルに愛されているという幸運を得たのだから、こちらだって彼を守るために必死にならなければ。

「……っ……奥様っ」

隣に座っているアーサーの苦しげな声が聞こえ、ふと私は彼の手を見た。

アーサーの膝の上で組まれた両手は、ぎゅっと握り込まれている。

なぜか、その手の甲につうっと細い血の筋が見えて私は不思議に思った。

手を強く握りすぎているのかしら？

いいえ。彼だって私より落ち着いているように見えて、仕える当主シリルに何かあったらと心配でたまらないのかもしれない。

「どうしたの？　アーサー？　動揺してしまうのも無理はないけれど、シリルの怪我の程度もわからないのに悲観しても仕方ないわ。とにかく、私たちが焦っても仕方ないから、最善策が取れるようにいくつか案を考えましょうか？」

さっきまで自分に言い聞かせていたことを、心配している様子の彼に、そのまま伝えた。

アーサーほど頭脳明晰《めいせき》で豊富な経験も持っている執事には、必要のない慰めだったかもしれない。

いいえ。意味のない慰めなんてないはずよ。

こんな緊急事態であれば、なおさら。

「ちがっ……おくっさまっ……にげ……っ……はやっ」

私の予想に反して、はくはくと喉を鳴らし、苦しげに呼吸をするアーサー。

彼の首元には今まで見えていなかったけど、掻きむしったような赤い爪痕。

それに、手の甲には痛々しいみみず腫れが何筋も。

え。これって……もしかして、嘘でしょう？

あの人の心を操るという宝石はもう証拠品として提出されて、城にあるはずで……。

そうこうしている間にも、もがき苦しんでいるアーサーは、体内にある何かと争っているように見える。

心を操られて、私をここまで連れてきたの？

アーサーは意志強く、自分を持っている男性だ。心を操られまいと抵抗して、なんとか私に危機を教えようとしてくれたのかもしれない。

馬車から見える流れる風景は、速度が速すぎて捉えにくいけど、シリルが居るはずの城へは向かっていない。

嘘でしょう。信じられない。

なぜ、エミリオは、私に対しこんなにまでこだわるの。

彼に嫌だと何回も言ったし、愛することは絶対にないとまで言いきった。

そんな相手と結婚して、幸せになれるなんて、到底思えない。

……いいえ。きっと、エミリオは幸せなんて、全く望んでいないのよ。

だって、国外追放されてしまった彼は、もうなくす物なんて、何一つ持っていないんだもの。

いけない……何を呆然として、現実逃避しているの。

これから自分を助けられるのは、自分自身だけだというのに！

しっかりなきゃ。

「っ停《と》めなさいっ……停めなさい！　馬車を停めなさい！」

私は前方の御者へ伝えるために叫んで、何度も何度も客車の壁を叩《たた》いたけれど、一向に停まる気配はない。

そして、走っている馬車から飛び降りるという方法も考えたんだけど、外から鍵ががっちりとかかっていた。

外側からこんな厳重な鍵がつけられるなんて……ロッソ邸の使用人も、何人かが操られていたのかもしれない。

これでは、決死の覚悟でアーサーと共に飛び降りることもできない。

走る馬車の中、私は観念して座面に腰かけた。

「……アーサー。大丈夫よ。シリルが必ず、私たちを助けにきてくれるから。きっと、大丈夫だから」

内なる何かと戦って苦しんでいたアーサーは、私の言葉を聞いて気が抜けたのか、意識を失い身体《からだ》からパタリと力が抜けてしまったようだ。

そんな彼を、置いていくわけにはいかない。

とにかく、このままエミリオの元に行くしかないだろう。

三時間ほど森の中を走ったところで、私たちは光る門のようなものをくぐった。

空間をねじ曲げて違う空間への道を作るという、高等魔法が使用されたのかもしれない。

私は何もしないよりは……と、道筋を覚えようと窓の外を見ていたのだけど、ここがどこか全くわからない。

どうしよう……シリル……どうしたら良い？

駄目よ。きっと彼が助けにきてくれる。

フィオナ。

落ち着いて。落ち着くのよ。

今だけは、パニックを起こさないで。

自分で逃げられるチャンスを、自ら潰さないで。

お願い。

私は心の内で何度も、自分へ語りかけた。

希望を……捨てたくない。

どんな状況に陥ったとしても絶対に助かるんだと、自分だけは信じなくては。

ここには、前に私を救ってくれたジャスティナだって居るはずがない。

それでも、絶望的な状況にあると知りつつも、諦めたくなかった。

やがて、目的地へと辿り着いたのか、馬車は速度を落とし始めた。

暗い洞窟の中の、深淵《しんえん》を思わせる闇。

馬車はゆっくりゆっくりと進み、そして、やがて停まった。

私はアーサーの手を安心させるように、ぎゅっと一度力を込めて握ると、扉が開くのを待った。

ガチャガチャと、嫌な音が鳴る。そうして、馬車の扉の前には、ランタンの逆光を受けた背の高い人物がいた。

私は何日か振りに見たエミリオから、まっすぐに目を逸《そ》らさなかった。

ここで怯《おび》え狼狽《うろた》えていると、この人に思われてしまうのが絶対に嫌だったから。

「……やあ。なんだか久しぶりだね。フィオナ」

勿体《もったい》ぶって手を出されたので、私はそれを拒むことなく取った。

貴族としてエスコートを拒むことは、無作法になるし、その上ここには私をどうにか逃がそうとしてくれた、意識のない状態のアーサーが居る。

エミリオが逆上して、彼に何かがあってはいけない。

馬車を降りてから、私はエミリオの手を振り払った。

けれど、そうしたとしてもエミリオは、気持ち悪い笑顔を浮かべたまま。

周囲を見渡せば黒いフードを目深に被《かぶ》った多くの人たちが取り囲んでいて、とても逃げ出せるような状況ではなかった。

この人たちは、秘密結社の人たち？　それにしても、異様な空気だった。

まるで、エミリオに操られて彼のことを神だと思い込んでいる、狂信的な人たちのような。

捕まったエマさんとロッソ邸で対峙《たいじ》していた時とは、違う。

ここで私一人が暴れたところで、何にもならない。自分が、情けない。

いいえ。反省するなんて、後からで良いわ。

今は助かる方法を……どんなに可能性が低くても、それを探すべきなのよ。

「……私の名前を、気軽に呼ばないでくださる？　私はロッソ公爵夫人よ。ああ……貴方は、家を追い出されて、今はただのエミリオだったかしら？」

挑発するような私の言葉を聞いても、完全に自分の優位な状態で進んでいるせいか、エミリオは余裕の笑みを浮かべた。

「ああ。城の中には、僕らの協力者が居てね。君の夫の様子も知れるし、取られた宝石だって手に入れてくれた。貴族令嬢一人を手に入れるために、これほどの苦労をするとは思わなかったよ……だが、人は手に入れるために時間や手間や労力を費やしたものほど、大事にするものらしい。君はとても運が良いね」

人を物扱いする男に、吐きそうになった。

いいえ。エミリオは苦しみ泣いている私の顔を見て、逆に喜ぶような気がするわ。

私はできるだけ毅然《きぜん》とした表情を、崩さないようにした。

こんな卑劣な男。絶対に、喜ばせたくない。

「前々から、聞いてみたかったんだけど……どうして私に、そこまでのこだわりがあるの？　だって、私のことなんて、好きでも何でもないでしょう」

「……どうしてそう思う。自分は誰かに愛される価値のない女性だと、僕に思い込まされていたからか？」

目は弧を描き、にいっとした心底不快になる嫌な笑み。

「夫シリルに誰よりも愛されて、私はわかったの。好きな人を見つめる時、どれだけ優しい眼差《まなざ》しになるか……貴方は私のことを、ただ利用したいだけでしょう？　だから、不思議だったの」

彼はシリルと、正反対だ。私の気持ちなんて、全部無視して値踏みするような嫌な眼差し。

「僕も賢い妻が手に入って、本当に嬉しいよ」

否定もせずに、肯定もしていない。けれど、エミリオのこの言葉が意味するものは明白だ。

「ええ……わかってるわ。きっと、貴方にしかわからない、私の価値が何かあるんでしょう？　それを知りたいの。捨てられるものなら、いっそ捨てるわ。だって、貴方から興味を向けられることは私にとっては、要らないものだから」

エミリオは吐き捨てるような私の言葉を聞いて、鼻で笑った。

「ふんっ……君の体から、それが切り離せるのなら、僕もそうしている。何も知らずにいれば、幸せに過ごせたものを」

「私の人生よ。私が、すべて決めるわ。愛する人だって、やりたいことだって、私が自分で決める……もう二度と誰かの思い通りになんて、ならない。特に貴方の指図なんて、絶対に受けないんだから！」

「それは多分、不可能だ。僕は君とどうしても子どもが作りたくてね。フィオナ。僕が必要としているのは、君が持つ子を宿す腹であって、君のことを愛しているわけでもない。もし、勘違いをさせていたのなら、申し訳ない」

「……私の持つお腹《なか》ですって？」

私は今、自分が変な顔になっているとわかった。

これまでも何度も何度も、非人道的なことをしてきたエミリオの考えを理解するなんて、平凡な私には絶対に無理だろう。

けれど、それでも……これは、何を言っているのか理解ができなくはないかしら？

「占術によると君と僕との相性は、とても良くてね。二人の子どもは、とても強い強い魔力を持つそうだ。かのルーン・ヴェメリオ以上の魔法使いになるだろうと。秘密結社シュトランジは、人身売買も営んでいてね。そういう子どもをたくさん作れば、たくさん売れる。君は若くて健康だ。きっと、多くの子どもたちの良い母親になるだろう。この教団の皆も救われるんだよ」

周囲の信者たちが彼の言葉を支持していることを表すためか、一斉に拍手をした。

嘘でしょう。こんな考えを支持するなんて、どうかしている。

ぞっとしたものが、背中を走り抜けた。

ああ。彼の目に見つめられると嫌な感覚になる理由がようやくわかった。エミリオの瞳には、私は金の卵を産む鶏に映っているのかもしれない。

まるで物のように感情のない目で見られていた理由、エミリオが異常なまでに私に執着していた理由。

それが、今ようやくわかった。

救世の魔法使いルーンさんは歴代で、一番の魔力量を誇ると言われている。それを超えるほどの魔力量を持つ子どもたち？　それはそれは……魔法使いを雇いたい国に高く売れるでしょう。

けれど、いくら高く売れるからと、自分の子どもを売ろうと思うなんて、本当に信じられない。

どんなに外道な男なの。

「私はそんな……優秀な子どもという売り物を作り出す人格のない単なる道具というわけね。本当に、最低。いいえ。こんな言葉、貴方を表現するのに生ぬるいわ。とてもとても……足りないわね」

もっと、世界で一番の嫌な言葉を吐いてやりたい。

「ああ、最低で結構だ。勇者が魔王を打ち倒し、僕たちはこれから平和な長い時を過ごせるだろう。だから、お金さえあれば、悠々自適の良い生活を送ることができる……ああ。失礼。君には前夫にあたる人の話だったね。そういった意味では彼にはとても、感謝しているよ」

シリルだってこれを知っていれば、貴方を魔王の前に置き去りにしていたでしょうね。

「……私の夫はシリル・ロッソただ一人よ。どんな場所にでも絶対に助けにきてくれるから。私は彼を信じている」

「フィオナ。そういう強がりが……いつまで続くかな？　そうだな。日々記録につけよう。とても楽しみだよ。僕も」

このまま、エミリオの好きにされてしまうなんて、絶対に嫌だ。

けれど、悔しくて彼を見返したところで、もうどうしようもない。

これから、時間はかかるかもしれないけど、絶対に助けてくれると信じる。信じられる、彼ならば。

シリル……シリル。お願い。待ってるから。


助けて。助けて……。


辺りを覆うような大きな絶望を感じ、目を伏せようとしたその時、私たち……そう、近くに取り巻くように居た信者のような人たちにも、とても不思議なことが起こった。

紫色の光が体中から噴き出して、何かに上から吸引されるような、そんな感覚。

足元に描かれたのは、ライリーさんを召喚した時に描かれた、光の魔方陣！

これって……魔法使いルーンさんが行方の知れない私のことを、喚《よ》びだしたのかもしれない！

シリルに会える！

紫の光が一気に視界を埋め尽くし、閉じていた目を開いたら、目の前に心配そうな表情のシリルとルーンさん、それにライリーさんが居た。

馬車の中で倒れていたはずのアーサーは、信者の囲いの向こうで倒れていた。

どんなに高度な魔法技術なのかはわからないけど、これは私の周辺の人も一緒に召喚したんだ！

当代一の魔法使いと呼ばれているとは知っていたけど……本当にすごい。

完全に優位にあると思っていたエミリオは、今思うと、とんでもない間違いを犯した。

私の手足を縛り、自由を奪うことを忘れていたのだ。

周辺を取り巻いていた信者の脇をすり抜けてシリルの胸へと飛びついて、自由を奪おうとしたすべてから離れた。

「っシリル！　シリル！　助けにきてくれて、ありがとう！　嬉しい」

「フィオナ……大丈夫だ。もう……これでこいつの顔を見るのは、おしまいになるからね」

シリルの真顔には、隠しきれない怒りが見える。相当、頭にきているようだ。

「邪魔をしないでください！　あの女性を手に入れたら、私たち全員救われるんです！」

私のことを指さして騒ぎだした信者の声で、ああやって言い包《くる》めていたんだと、本当に嫌な気分になった。

だってそれは、彼に心を操られていた私が、一歩間違えればなっていたかもしれないという姿なのだから。

「何からだよ。足元でも、掬《すく》われたいのか」

不機嫌そうな表情をしていたルーンさんは、半狂乱になった信者たちを鼻で笑った。

「フィオナっ!!　なんだこれは……なぜ……俺は国外の山奥に居たはずなのにっ」

さっきまで余裕の表情を崩さなかったエミリオは、勇者パーティの目の前に召喚されるという急展開についていけていないのか、狼狽《ろうばい》し非常に慌てていた。

自分を信じてついてきてくれたであろう信者たちを肉の盾として、縮こまり不格好でみっともない。

「なんだよ。俺が何をできるかを調べずに、こうして丸腰で戦いを挑んだっていうのか？　とんだ間抜けも居たもんだ。俺は複数の召喚魔法に魔力だいぶ使ったから、シリルとライリーに、この後は任せるわ」

一人召喚できるだけでもすごい魔法使いなのだろうに、誘拐されていた私を軸にして周囲の人間まで……歴代最高といわれるルーンさんは、伝説級の魔法使いみたい。

それに、こうして国外から召喚されたのであれば、国外追放の刑に処されているエミリオは、もう終わり。

国外追放はヴェルデ侯爵家が、なんとか息子の命だけはと懇願して減刑された結果なのに。

それもこれもすべて、息子のしでかした悪行で無駄に終わってしまった。

エミリオがこの国へ入ったことは、既にベアトリス様や神殿の知るところだろう。

「なあ。シリル。どうする？　俺はここで全員殺しても良い。相手は犯罪者だし、現行犯だ。跡形もなく処理できる。犯罪の証拠には、困らないだろう」

ライリーさんは好戦的な顔つきで、自分が背負っていた大剣の柄へ手をかけた。

私もそれを聞いて、夫のシリルへと目を向けた。

けれど、シリルは必死に自分の中の怒りを押し殺すようにして、何度か息をついて、私を安心させるためか落ち着いた声音で言った。

「俺は……妻の希望を、一番に優先したい。フィオナ、君はどうしたい？」

「シリル……？」

自分の中にある怒りを、どうにか鎮《しず》めて、私へ意見を聞いたシリルの言葉に驚いた。

シリルはこの前のように一瞬で、すべての敵を戦闘不能……昏倒させ意識を奪うのかと思っていた。

だって、彼は勇者で人類最強と呼ばれるほどに強くて彼らの意識を奪うことなんて、なんなくできてしまうだろう。

シリルならここに居る人間すべてを、一瞬で屠《ほふ》ることだって可能なのに。

なのに、シリルは妻である私の希望を聞きたいと言ってくれた。

「うん。フィオナの希望を最優先する。ここで怒りに任せて俺たちがこいつらの存在自体を消してしまっても、誰も咎《とが》めないとは思う。奴らはそれだけのことをした……俺だって、本当の気持ちを正直に言えばそうしてやりたい。妻を誘拐した犯人が憎い。だが、フィオナがこれまでに何度も辛《つら》い思いをさせられたのは確かだし……死はある種、許しでもある。決して死に逃げることもなく自分の犯した罪を償わせたいというのなら、そういう選択肢もある。フィオナの希望を聞く」

信頼する執事アーサーさえをも利用したエミリオを、本当に許せないと思っているだろう。

それに、シリルは勇者になる前からも戦闘を生業《なりわい》にしていた。

こんなにも華麗で王子様のような容姿を持っているけれど、これまでもそうしてきたはずだから、敵だとみなせば倒したくなるだろうし、血気盛んな性格をしていてもおかしくない。

憎い相手に手をかけることだって、なんなく簡単にできてしまう。

けれど、彼はしないことを選んだ。私の希望を最優先にしたいと、自分を抑えてくれた。

そうしてくれたことで、私はシリルからの深い愛を感じた。

出会ってからというもの、私に向ける優しい青い瞳……それは、いつも私がどうしたいかと意向を気にしてくれていた。

違う環境で生まれ育ち、真逆とも言える違った常識を持っている私たちだけど……シリルは懸命に私へと歩み寄り、できるだけ歩幅を合わせようとしているのだ。

シリルがどれだけ私を大事に想ってくれているのかということを強く感じて、私の目から涙がこぼれた。

「シリルっ……ありがとう……私と結婚してくれてっ……」

「えっ……何言ってるの。それって、全部俺の台詞《せりふ》なんだけど？　……俺はフィオナが、真面目な性格をしていることは知っているよ。俺たちがここであいつらを消しても、それでは君の中に後悔が残ってしまう……フィオナ。どうしたい？」

背の高いシリルは膝を曲げて、私の顔に自分の顔を寄せた。大丈夫だと安心させるように。

私は……どうしたいんだろう。

これまでに何度も何度も嫌な思いをさせられたエミリオは嫌いだし、憎いし許せない。

けれど、私が気に入らないことをされたからといって、奪って良い命なんてどこにもない。

「……私はっ……ちゃんと、裁かれてほしいっ。あの人は爵位を奪われて、国外追放になったけれど……それは貴族だったから罪が軽くなっただけで。犯した罪に対し、責任を取ってほしいと思う。信者さんたちもあの人に騙《だま》された人が多いから、ちゃんと話せば、わかってくれる人も居ると思う

「……」

「そっか……わかったよ。フィオナ。それでは、君の希望通りにしよう」

シリルが片手を上げて合図をすると、彼の部下らしき軍服を着た軍人たちがエミリオや信者たちを捕らえていくのを、私はなんだか非現実的な光景を見ているような妙な気持ちを抱えたまま見守っていた。

◇◆◇

エミリオを中心とする教団に誘拐されて助けられた日から、ようやく身辺が落ち着いた一週間後。

「今日は青空が広がって、視界良好だね。準備は良い？　フィオナ」

「……っはい！」

シリルが差し出した手を取った瞬間に、私の体はふんわりと浮いた。シリルと私は、ぐんぐんと高度を上げて、王都を歩く人が小さな人形に思えるくらいの高さで止まった。

「怖くない？」

「ええ。シリルが居てくれるから、何も怖くないの」

私は、心からの気持ちを言った。

シリルが近くに居てくれたら、どんな状況でもどんな敵に取り囲まれても、絶対に大丈夫だと思えるだろう。

私は自分の足元に、足場が出来たのを感じた。

透明な空間には、きっとシリルが何かをして固い地面のようなものを作ってくれたんだ。

おそるおそる見えない足場を踏みしめた私に、シリルは微笑んだ。

「俺は……フィオナは、高いところが苦手なんだと思っていた」

草原で「飛んでみる？」と誘われた時にすぐに断ったから、そう思われてしまったのかもしれない。

「ううん……違うの。私。あの時は、自分を信じられなくなっていたの。だから、何か理由をつけて言い訳して新しい経験への挑戦なんて、何もできなくなっていた。ただ、蹲《うずくま》って時が過ぎるのを待っていた。けど、今はシリルが隣に居てくれて、私を信じてくれるから……自分のことを、信じられるようになったの」

二人で目を合わせて、心が通い合う甘い感覚。

「そっか……けど、それってフィオナがそういう状況から抜け出したいって、自分で頑張ったからだよね。俺がしてあげられたことは少ないけど、これからは支え合っていけたら良いなと思う」

にこにこと笑っているシリルの金髪が、不意に吹いた風に煽られて、彼は目を細めた。

ただそれだけのことだというのに、思わず目を奪われてしまうくらいに魅力的な人。

「あの……これで何度目になるかわからないけど、私と結婚してくれて、ありがとう。シリル」

何度だって、これからもたくさん言いたい。だって、本当にそう思っているから。

「うん。フィオナのしてほしいこと、全部言って？　今の俺なら、叶《かな》えられる。絶対に楽しませるから……フィオナ。これからは、俺の隣でずっと笑っていて」

にこにこと、陰りのない明るい笑顔。

やはりこんな素敵な人が夫だと、心変わりすることなんてあり得ないとわかりつつも、私は不安になってしまう。

「シリルに、もっと好きになってもらえるように、私もこれから頑張る」

こんなにも、魅力的な人なのだ。きっと、我こそはと狙っている女性だって多いはず。

私だってもっともっと努力して、魅力的になって、誰よりも彼に好きになってもらいたい。

「うん？　それってフィオナが何かを頑張る必要とか、ある？」

シリルは複雑そうな表情で首を傾げたけど、何かに気がついたのか下を見たので、私もそれにつられて視線を下に向けた。

「えっ……すごい」

ライリーさんが出した火で出来た虎と、初めて見る氷で出来た青い鳥が、競うように空を飛んでいた。

王都上空でそんなことが起こるなんて、なんだか非現実で、とても幻想的な光景だった。

「ははっ。あれはルーンとライリーだ。英雄たちが俺の結婚を祝福すれば、偽造結婚だのなんだのと……多分あれもエマが流したんだけど……フィオナへの悪意ある噂は収まるだろうと、さっき言っていたから」

そう言ってシリルも下方へと手をかざした瞬間に白い竜が現れて下に居た二匹と合流した。

三匹はゆっくりと飛行し、楽しそうに踊るようにして空を舞った。

世にも不思議な光景を特等席で見ながら、私は隣に居るシリルと、目を合わせて笑い合った。

終章　大変な彼

そして、事件から……色々と落ち着いた、二週間後。

私はこのところ事件の事後処理で働きづめだったから、しばらくは特別休暇だというシリルとロッソ公爵邸の庭園で、のんびりとお茶を飲んでいた。

庭師のジョージが頑張ってくれたおかげで、ダリアの花壇は綺麗《きれい》に修復されているし、ちょうど良いお天気でお茶会をするにはピッタリなうららかな日だった。

「ねえ。フィオナ。俺……なんだか、ゲイリーに嫌われてる気がするんだけど……何か聞いてる？」

シリルと喧嘩《けんか》して実家に帰ったことで、大きく騒がせてしまった件を、先日、ノワール伯爵家に二人で詫《わ》びにいった時のこと。その時に、私の厳しい教師でもあった執事のゲイリーに鋭く睨《にら》まれたことが、気になっているらしい。

勇者シリルは持って生まれた第一印象の良さが、全人類の中でも群を抜いていると思う。何を言っても嫌みがないし、好印象。だって、彼には悪意がほぼない。

だから、シリルはあんな風に剥《む》き出しな悪意を向けられることには、慣れていないのかもしれない。

ゲイリーは私の結婚相手が貴族とはいえ、叙爵されたばかりのシリルであることが気に入らないだけなんだけど。

「ゲイリーは、だんだんと心を開いていくタイプだから。不器用な人なのよ。大丈夫よ。シリル」

ノワール伯爵家の執事ゲイリーは自分が育てたと言っても過言ではない、末っ子の私のことを大事に思ってくれているのだから、きっとわかってくれると思う。

だって、私はこうして大好きな夫と一緒に暮らして、幸せで居るもの。

これからも、きっとそう。

私が笑って大丈夫だとそう言っても、悩んだ様子のシリルは、どうしてもゲイリーから向けられた敵意に納得がいかないようだ。

「……でも、気になるよ。フィオナはすごく仲良さそうにしていたし、これからだって付き合いは続くんだし……できたら俺も、ゲイリーと仲良くなりたいんだけど……」

どうやら妻の親しい身内に嫌われてしまったかもしれないと思って、ここ何日か気を揉《も》んでいたらしい。

こんなこと……男の人に言ったらいけないって、理解はしているんだけど。

……私の夫は、なんて可愛《かわい》い人なの。

シリルのことを新しく知るたびに、もっと好きになれてしまう。

この前から少し元気がないと思っていたけど、まさかゲイリーとのことを心配していたとは思ってもみなかった。

シリルはおおらかで明るい性格で細かいことなんて特に気にしなさそうにも思えるんだけど、意外と繊細な人なのかもしれない。

「ううん……ふふっ。気にしないで。無理をしなくても、絶対に仲良くなれるから」

「そう？　フィオナがそう言うなら、そうかもしれないね」

ゲイリーもシリルも、私のことを好きだからこその反応だ。

それって、二人ともとっても気が合うってことだと思うの。

将来的には、絶対にわかり合えるはずよ。

にこにこ機嫌良く笑っている夫を見て、私はそういえば……と気がつき、呆然《ぼうぜん》とした。

「あの……シリル……私、シリルのご家族に会っていないんだけど……」

結婚して正式な書類を提出した時も、両家の顔合わせなんかもなく慌ただしく結婚したから、私はシリルの家族に紹介もされてないし挨拶だってできていない。

同じように今それに気がついたのか、シリル本人も同じように目を見開いていた。

「うわ。ごめん……俺もそんなのあり得ないって思われるかもしれないけど、全然思いつかなくて。それに、フィオナをあの下町の家に連れていくっていう発想もなくて……まあ、おいおいで良いかなって思うんだけど、フィオナは俺の家族にすぐ会いたい？」

自分の生まれ育った下町に、貴族令嬢として育った私は連れていけないと思っていたのか、シリルはおそるおそる聞いた。

——どうしてかしら。

こういう決めつけをする人は、確かに多い。

私は確かに貴族として生まれ育ったけれど、貴族的で高価なもの以外を愛していないわけでもない。緑の広がる草原も好きだし、活気溢《あふ》れる下町のガヤガヤとした騒がしい空気感も好き。

「もちろんよ。シリル。私たちは、家族になるんだもの」

「そう？　良かった。両親も、妹も喜ぶよ」

シリルはほっと安心した様子で頷いた……いつも通りの彼に戻って良かった。

「あら……シリルって、妹さんが居るの？」

シリルはそういえば私を慰めてくれたりする時に、女性の扱いに慣れていると感じることがある。

普通なら恥ずかしいことでも照れもせずに何の臆面もなく口にしたりするから、妹が居ると聞けば、それで女性の扱いに慣れているんだろうと納得できた。

「うん。可愛いよ。少し生意気なんだけど、フィオナのことを気に入ると思うよ」

「それは……どうかしらね」

女性の扱いには慣れていそうだけど、複雑な乙女心においては、とても疎《うと》そうなシリルの言葉に、私は曖昧に微笑《ほほえ》んだ。

世間一般的な話として妹は兄のお相手に関して異様に点数が辛《から》くなるし、やたらと口出しをしたくなるものなのだ。

「フィオナは大丈夫だよ。とはいえ、結婚したと思ったら、立て続けに事件が起きたのは事実だし……万が一のことがあってはいけない。両親には言っておくから、ロッソ公爵邸に来てもらうようにしよう」

「ええ。楽しみにしているわね」

私は嬉《うれ》しそうに微笑むシリルの顔を見ながら、彼の家族をどのように歓迎するべきなのかという歓待の方法を幾通りも考えていた。

夫が客を迎えると決めたら女主人たる妻は、それをそつなくこなすのが務め。

きっといつもなんでもない笑顔を浮かべていたお母様だって、お父様がお客様を迎えると聞けば内心こんな風に思っていたのね。

だって、お父様はお客様を招待すれば良いだけだけど、お母様は晩餐《ばんさん》のメニューの手配や彼らに楽しんでもらうために予定を組んで、それを取り仕切らねばならない。

当日になっても計画通りにいくことなんて稀《まれ》だから、何があっても対応できるように万全な態勢も整えておかなくてはいけない。

迎える客人も大人数となれば、使用人もいつものようにとはいかないし……。

「……フィオナ？　フィーオーナ？」

「どうしたの？　俺の両親を呼ぶって、さっき言っただけなんだけど」

「いや、フィオナは女主人として采配を振るわなければならないんだから、そう言われたら考えごとしてもおかしくないだろ。お前は親を呼ぶだけだろうけど」

気がつけばライリーさんとルーンさんが合流していて、私は驚いた。

反応を確かめるようにライリーさんは、私の目の前で手を振っていたんだけど、そんなに近くに彼が来ていても私は全く気がつかなかった。

「わ！　ごめんなさい！　私、もしかして、無視したみたいになってました？　失礼しました」

「まーね。けど、気にしなくて良いよ。俺たちはさっき、空を飛んできたとこなんだ。夫が庶民出身だとわけがわかってなくて、女主人のフィオナも大変だな」

　余裕の笑みを浮かべるルーンさんがメイドにお茶を注いでもらっていたので、彼らが先ほどここに現れたというのは間違いないみたい。

「いいえ……私。なんだか、こういうお仕事好きみたいで……何もしないで遊んでいるより性に合っているみたいです」

「そ？　まあ、あんたがそれで幸せなら、良いけどね？」

「ふふ。ありがとうございます……え？　シリルとライリーさんは何しているの？」

　二人は執事アーサーが恭《うやうや》しく持ってきたチェス盤を小さなテーブルへと置き、真剣な顔をして向かい合って座っていた。

「フィオナは、俺の妻だ」

「それを知っているから、こうしているんだ」

　二人とも睨み合ってから、並べられた最初の駒に手を伸ばした。

「んー……戦闘で決闘するとフィオナに怒られるから、頭脳戦で決闘することにしたらしいよ」

　もう既に二人の世界に入っているので、代わりに説明してくれたルーンさんは、呆《あき》れた様子で長い足を組んだ。

　私の知らぬ間に話はついているらしくシリルとライリーさんは、何も言わずに黙々と駒を動かした。

少し時間が経《た》ってから、嬉しそうに立ち上がって両腕を上げたのは、シリルだった。

「やったー！　ライリーに勝ったー！」

「もう一回……！　再戦だ」

「何回やっても、一緒だと思うけど？」

ライリーさんは悔しそうに再戦を挑み、シリルは余裕ある態度で、にこにこしながらまた座った。

シリルが『黒のビショップ』を掴《つか》んだ時、私はあの秘密結社の中でそう呼ばれていたエミリオを思い出した。彼は絶海の孤島にある刑務所に入れられることとなり、ヴェルデ侯爵家はお取り潰しとなった。彼はそれだけのことをした。

けれど、エミリオに証拠品の緑柱石で出来たブローチを渡したという、城内の協力者はいまだわかっていない。

この前に会った父の話によると何個も証拠が残されているし、心を操作されていた信者たちも正気に戻り、彼らの証言を得られたなら捕まるのは時間の問題だろうとのことだ。

目の前の勝負に目を向ければ、シリルがまた嬉しそうに両腕を上げた。

彼が言っていた通り、何回やっても勝つのはシリルだ。

「……どういうことかしら？　シリルはチェスが、異常に強いんですか？」

運の要素が強いカードとは違い、チェスが頭脳戦だとしても、ライリーさんの駒の動きだってそう悪くはなかったと思う。

けれど、不思議と最後にはシリルは勝ってしまうのだ。

まるで……彼が敗北することを防ぐ、誰かがどこかに居るみたいに。

「フィオナの言いたいことは、わかるよ……シリルって、いつもそうなんだよ。なんか、ラック値が異常に高いんだよな。勇者だからかな」

ルーンさんは私の隣でお茶を飲みつつ、目の前で繰り広げられる戦いを見ながら興味なさそうにそう言った。

「ラック値……ですか？」

聞き慣れない単語を聞き返すと、ルーンさんは私が何を言いたいかを察したようだった。

「そうそう。勇者って元々幸運の数値である、ラック値が高いみたいで、なんかシリルって運が良いんだよね。あのベアトリスに好かれるっていう不運を、その身に引き受けたからかな……その分、幸運を溜《た》めていたのかな。なんだろうな」

「確かに……いつかあの不運が裏返るとしたら、ものすごい幸運に恵まれそうですね」

「ははは。フィオナも言うようになったね……俺もそれには、完全に同意」

ベアトリス様に対する意見が完全一致し、微笑み合った私たちに慌てて立ち上がったシリルの声が聞こえた。

「おい。お前。いい加減……俺の妻に近づくなよ。ルーン」

「人聞き悪いな。何の話？　シリル。なんだよ。少々仲良いぐらいで、誤解すんなよ……」

ルーンさんは首を傾《かし》げて、可愛い顔でにっこり笑った。

「そうですよ。ルーンさんは私のこと何度も助けてくれたのに……もう。何言っているの。シリル」

自分の友人とただ話しているだけなのに、やたらとピリピリとした空気を身に纏《まと》って警戒している夫シリルに、私はつい笑ってしまった。

ただこうして話しているだけなのに、やきもちを妬《や》いているシリルも可愛い。

「え。待って。俺って、もしかして、こんな状況で十カ月間も過ごすの？　……いや、フィオナを愛しているから、なんでもできる！　どんな我慢でも耐えられる！　俺はどんな困難にも負けず、世界だって救ったんだぞ!!」

思い切り両腕を上げて一人空に叫んだシリルを見て、ルーンさんは肩を竦《すく》めた。

「だってさ。シリルにとってはベアトリスと旅するより、これからの十カ月の方が大変かもね」

「……どういうことですか？」

困った聖女様と過ごした救世の旅一年半より、これからの結婚式までの十カ月の方が大変って……どういうことなの？

「フィオナは、何もわからなくて良いよ。その方が、面白いから……俺が」

ルーンさんがそんなに楽しそうに笑う意味が理解できなくて、何度かその理由を聞いても答えを、はぐらかされてしまった。

Fin

番外編　悲劇の裏返り（Side Ciryl）

「さすがに俺も、これは同情せざるを得ない……どうする？」

「どうするって、俺が判断できないよな？　……まじかよ」

こういう俺が困る事態を、大抵は面白がっているのに、今回ばかりはと思ったのか珍しく気の毒そうな顔をしているルーンを見て、逃げることもできないと悟り、俺は頭を抱えて机の上に額をつけた。

最悪だ。

守るべき国民の命を人質に取って、何を考えてるんだ。

国民の憧れであるべき勇者だからって、なんだ。床の上を大声あげて、のたうち回りたい……。

ざわざわとした酒場の喧噪《けんそう》が聞こえなくなるくらいに、ルーンが俺を捜して伝えにきた王からの要請への驚きが勝っていた。

魔王を倒しさえすれば、逃げきれたと思った。

これでもう悩むことは終わりだと、安心していたのに。

嘘《うそ》だ。

誰か嘘だと言ってくれ。

生まれた時から聖女として大事に大事に育てられたベアトリスは、比喩でもなんでもなく、世の中のすべてのことが、自分の思い通りになると思って生きている。

国民や国土を守る守護結界を展開するのは、幼い頃から彼女の役目だ。だからこそ、彼女は大切にしなければならない存在だ。

平たく言うと国民全員が居てもらわねば困ると認めている存在の聖女たる彼女を、甘やかした挙げ句に、その度が過ぎたわがまま振りがえらいことになってしまった。

俺は魔王復活時に、神の宣告を受け勇者となった。

それまでにもある程度の手応えを感じていたし、時期がきたなら、おそらく俺が勇者になるだろうなと自分でも思っていたので、実のところ選ばれたことに関してあまり驚きはなかった。

剣聖も魔法使いも、順当な人選だ。

魔王討伐が役目の勇者ご一行に選ばれるほどの高い能力を持つ人間なら、大体はそれまでに世界でも有名になっている。

ライリーもルーンも名前は聞いたことがあったので、王宮に集められた時に顔合わせして名前を聞いても、こいつだったか程度。

問題は、生まれた時からそうと決まっていた聖女のベアトリスだ。

初対面のベアトリスは、これから長い旅を共にすることになる三人の顔をしげしげと見つめた後
「ルーンさんは、私の好みじゃないわ。ライリーさんは、恋人にするなら良いわね。結婚するなら絶対にシリルさんだわ」と言ったので、俺たち三人は全員同じことをこの時に考えたと思う。

『何言ってんだ。この女』

それからの一年半に及ぶ魔王討伐の旅の間は、苦難の連続だった。

主に被害担当だったのは、俺とライリー。

誤解をおそれずに正直に言ってしまえば、回復担当の聖女がまともに仕事してくれない。

だから、前衛に出るライリーと俺には文字通りに、彼女のご機嫌取りが死活問題だった。

わがままなベアトリスのご機嫌を損ねないように、なだめすかしてお願いして、なんとか強い魔物を倒し終えたと思ったら、こんなところで寝られないとよくわからないことで泣き出す。

そこでしかめっ面《つら》の魔法使いルーンがベアトリスだけ連れて、遠方の街の宿屋へと何度か移動魔法を繰り返して移動する。

俺とライリーは、心底疲れた顔で黙って野営する。

そして、次の日もベアトリスに合わせて昼頃からの出発になる。

歴代で一番と言われようがルーンの魔力だって、無尽蔵なわけでもない。

先を急ぐなら、あいつに全体攻撃魔法で一掃してもらった方が、俺たちは怪我《けが》も少なく先に進める。

まあ……それがわかってたら、こんなことを言わないか。

蝶よ花よと甘やかされ、これまではふわふわのベッドで寝ていたんだろう……けど、俺たちが魔王を倒さないと、この国どころか世界が、溢《あふ》れた魔物に支配されて滅ぶんだけどな。

それをわかってたら、そんなことを言わないよな。

俺たち三人はどうにかして、お姫様気取りの聖女を怒鳴りつけたい衝動に必死に耐えていた。

だって、ここでベアトリスの機嫌を損ねたら、何日か旅が長引くだろ？

そうするとそれだけよくわからない苦しみが、長引くことを意味するんだ。耐えるしかなかった。

ベアトリスのわがままっぷりは、もう筆舌に尽くしがたいほどにすごかった。

俺だってか弱い女の子には、できるだけ優しくしたいとは思う。彼女たちは違う性を持ち、持っている力だって全然違う。

体の仕組みだって違うし、気分に波があるのも仕方ないことだとも理解はしていた。

そうだ。俺だって女の子は、大事にしなければいけない存在だと思っていた。

もちろん。ベアトリスだって、そうだ。

自分のわがままを自分勝手に押し通そうとする以外は、割と可愛《かわい》いところもある。

だからって、どう考えてもそれだけで結婚はできない。

魔王討伐で選ばれる勇者は、この世界の期待の星だ。

絶対に上手《うま》くこなさねばならないことだって、理解していた。

だが、こんな風に迫られて旅の仲間に悩まされた勇者ってこれまでに存在していたのかな。

もし居たなら、語り合いたい。お互い、本当に大変でしたねと。

俺の気持ちは同じ立場でなければ、わかってもらえないだろう。

「待って待って待って。なんで、俺がベアトリスと結婚しないとこの国が滅ぶの!?　それとこれとは全く関係ないだろ。しかも、なんで甘やかすの？　これが認められたら、もうなんでもありだろ」

「それ。俺じゃなくて、王に言えよ。俺だって別に好きでお前捜しにきてねえし」

魔王討伐報告だけ済ませて姿を隠した俺を捜しにきたルーンも、本当に不本意な様子だった。

強い酒でも飲まねば、もうやってられない。

何杯か同じ酒を頼んだら、酒場を歩くウェイトレスのお姉ちゃんが、景気よく大きな酒瓶を笑顔で置いていった。〈この私を何回も往復させやがって、後は自分で注げよ〉ってことだろう。

「もう、最悪だ……どうやって、言い逃れしよう……」

「……今夜中に結婚相手が見つかったら、俺がなんとかしてやっても良いけど」

ルーンは同情と憐憫《れんびん》が入り交じった視線で、俺を見た。

こいつだって、ベアトリスがどれだけわがままで傍若無人だったかを、よく知っている。

なんだかんだ言いつつ、だいぶ被害だって受けていた。

だから、俺の気持ちをある程度は察してくれたのだろう。

「その言葉に、二言はないな？」

「ああ。俺はちゃんと約束は守る……看板でも持って、募集してこいよ。物好きな女だって、居るかもしれないし……」

「……世界救ったんだから、俺を救ってくれる人も居るかもしれない」

だいぶ酔いが回っていた俺は、ルーンが差し出した看板を取り外へと出た。

雨が降っていて視界も悪い。

どう考えてもこんなところで、誰か結婚してくれと叫んでも来てくれるわけもない。

だが、この先に自分を待っている展開を思えば、楽観視などできやしない。

とてつもなく馬鹿《ばか》なことでもしたい気分だった。

どうにかこの難局を乗り越えたとしても、ベアトリスは諦めない。

多分、幼い頃から欲しいものは、すべて手に入れてきたからだ。

自分の欲を我慢することを知らないのは、ベアトリスのせいなのか周囲の誰かのせいなのかは知らない。

もうそんなことなんて、何もかもどうでも良い。

「最悪だ……」

そして、やけになった俺は今までの人生の中でも、一番馬鹿なことをした。

ほどなくして、酒場の前に綺麗《きれい》な女の子が立っているのが見えた。

切望するあまりに見えたまぼろしなのかもしれない。

ここはあんな上等な服を着た女の子が居る場所では、絶対にない。

「あのっ……」

彼女が声を発したのを見て、俺は慌てて短い階段を下りた。

「はいっ？　え。何々！　もしかして、貴族のお嬢様!?　なんでこんなところに……どうぞどうぞ、こちらへ。雨に濡《ぬ》れてしまいますので」

柔らかな手を握った時に、俺は確信した。

これは、まぼろしでも夢でもない。この女の子は、現実だ。

『シリル。この子はフィオナ。優しくて素直な性格で、お前が求めている女性だ』

ふと頭の中に、聖剣のエンゾの声が響いた。

いつもエンゾは倒すべき魔物の情報なんかを教えてはくれるけど、そこまで協力的でもない。

エンゾにだってわからない情報はあるし、知っている情報を一方的に話したらそれで終わりだ。

俺の呼びかけに、答えたことだって……。

「……あの……もしかして。困ってます？　私……」

恥ずかしそうに、俺を見上げる潤んだ目。

もしかして、さっきまで泣いていた？

状況的に考えれば、失恋か？

だから、こんなよくわからない俺の募集に答えてくれた？

馬鹿だ。

こんな可愛い子振るなんて、相手の男は何もわかっていない。

そうだよ。もし、俺なら二つ返事で。

「めっちゃくちゃ!!　困っています!!　どうか、俺を人助けだと思って助けてください!!」

◇◆◇

フィオナとの出会いは、今でも何があったか、はっきりと思い出せるくらいに、印象的なものだった……それからいろんなことがありすぎたけど、彼女と本当に結婚できて良かった。

完全に現実逃避をしていた俺は、そうだったと自分の現状を把握した。

「まままま……まずい……まずいぞ。どうするんだ」

俺は今寝室の大きなベッドで、非常によろしくない状況をどうするべきかと、自問自答を繰り返していた。

隣には妻フィオナが、可愛らしい顔で寝ている。

聞こえてくるのはすうすうとした、規則正しい寝息。

たまに寝返りを打つ時も、向きを変える程度なので、朝起きたらなぜか上下が入れ替わってしまう俺とは、人種がそもそも違うのかもしれない。

俺はフィオナが実は自分は天使か妖精なのだと告白してきても、そうかそうだろうと思っていたと落ち着き払い驚かない自信がある。

可愛い。とても、可愛い。ああ。そうだ。可愛い。

誰が否定したとしても、俺自身がそう思うので、フィオナは世界一可愛い女の子で合っている。

しかし、まだ彼女には手を出せない。

これからもフィオナが俺の正式な妻であることに変わりはないし、ここで〈そういうこと〉になってしまっても、まあ順番は逆ですけど、おめでたいことに変わりはないですねとなるだろう。

どちらの両親も、それを聞いた最初の笑顔は多少引きつるかもしれないが、結果的には孫が出来て嬉《うれ》しい良かったねで通ってしまう。

人は自分もしでかしてしまいそうで、迷惑をかけられるわけでもないような誰かの過《あやま》ちに関しては、わりと寛容になれるものだ。

出来ちゃった婚の流れは、俺が生まれ育った王都の恋人同士だとよくある展開だった。

恋人として付き合っている二人の間に子どもが出来たので、夫婦として生活を共にするために結婚をするとか。

まあ、鶏が先か卵が先かの話だ。

道は違っても、最終的なゴールは同じ。いわゆる、そういう話だ。

いずれ必ず結婚するのだから、若い勢いに任せて情熱的な一夜を過ごしたって良いのかもしれない。

だが、俺はそういう話を聞くたびに、いつも思っていた。

それは、男側が我慢して、色々と待てば良いだけの話ではないかと。

もし、子どもを産み育てるのなら、お腹を痛めて産むことになる女性の意向が一番大事だと考えている。

産後の肥立ちが悪く、そのまま儚《はかな》くなってしまった叔母の姿を、幼い頃に目《ま》の当たりにしたせいかもしれない。

大事なものを大事にできなかったのに、一時の誘惑に負けてしまうのも仕方ないと無責任な言い訳で周囲が納得したとしても、俺は俺自身を許せないだろうと思うからだ。

だからこそ、彼女の気持ちが万全の状態でないと、俺は〈そういうこと〉をしたくないしするべきではないと思っている。

フィオナは俺のせいで、とんでもない経緯で結婚することになったが、まだまだ彼女とは心を通わせ合ったとは言えない。

しかも、フィオナは元伯爵令嬢で大事に大事に育てられた、可愛くて純粋な女の子だ。

だからか、子どもを作るのは結婚式をしてからにしようと約束したのに、夜に健康体の夫の部屋に来てしまった。

正直、これはまともな閨《ねや》教育を受けているのかも怪しい。こっちは責任重大だ。

貴族は夫にすべてが任されているのかもしれない。

フィオナにそういう気は一切ないことを知りつつ、彼女に俺が何かをできるはずもない。

目の前にご馳走があるというのに、お腹を空かせた狼《おおかみ》が眠れるはずもない。

拷問だ。

しかも、たちの悪いことに、彼女には自分が拷問人である自覚はない。

俺の身体的な欲求に関しては、生き物に備わった本能的なものだ。どうしようもない。

だが俺にもし性欲がないのなら、このまま何事もなかったようにして眠れるのかもしれない。

それはそれで、これからの人生は楽しくないのかもしれないが……。

フィオナには、何の悪気もない。それは理解している。

ただ怖いから純粋に傍《そば》に居たいと言われて、彼女に頼られたい願望を強く持つ俺が断れるはずもない。

自分が彼女に対し、可愛いと何回言ったかすぐに忘れてしまうくらいには、とてつもなく可愛い存在なのだ。

今日は怖い思いをしただろうし、夫の俺の傍に居れば安心できるというのも頷《うなず》ける。

これは……俺は、何をどうするべきなのだろうか。

悶々《もんもん》としたまま、夜を明かすことになるのか、それとも……。
（シリル）
（……エンゾ？　何かあったのか。お前がなんでもない時に、俺に話しかけてくるなんて）

俺はとても驚いた。

エンゾは無口で必要事項以外は、ほぼ話さない。

勇者として託宣を得た時から聖剣エンゾとは、心で話すことができるようになった。

ライリーが持つ魔剣や、ルーンの杖《つえ》もそういった特別な機能を持ったらしい。

これらに共通しているのは、ただの剣であった時から飛躍的に向上した武器としての性能と、魔物の弱点や何をどうすべきかを教えてくれる良き導き手としての役割だ。

（シリル。良かったな。お前は本当に頑張っていた。フィオナの中には、人の闇が薄い。優しく素直な性格だ。お前を困らせることも、少ないだろう）

エンゾはフィオナと俺がまさかの出会いを果たした時も、そうして彼女のことを薦めてくれた。

（エンゾ。ありがとう……フィオナのこと。教えてくれて……あの時、助かった）

俺はエンゾには、本当に感謝していた。

無口なエンゾはあまり応えてくれることはなかったが、ベアトリスのわがままで全く予定通りに行かない旅の間も俺の愚痴を聞いてくれたし、彼という吐き出し口がなければ、世界を救う使命なども忘れ、何もかももうどうでも良いと一度は爆発してしまっていたかもしれない。

そうすれば、ベアトリスの扱いは難しくなり、もっともっと長く苦しんだはずだろう。

（お前はよく頑張ったと思う。これは、勇者への報酬の一部だと思え）

素っ気ないエンゾが、こんなにも話してくれることは、本当に珍しい。

もしかしたら、今回も俺が困っているからと……話に付き合ってくれる気になったのかもしれない。

（ありがとう。エンゾ。感謝してるよ）

（……それに、あの時のフィオナには縺《もつ》れた糸のようなものが絡《から》みついていた。ほんの弱々しいものだったから、シリルの持っていた聖なる力を一身に受け、すぐにほどけてしまったようだが）

（……糸のようなもの？）

（王都に住む貴族令嬢が、精神を操る魔物に会うはずはないと思うが……）

精神的な攻撃を仕掛けてくる魔物なら、存在する。

だが、俺たちには天啓を受けた時点で耐性がついたのでほぼ利《き》かない。フィオナが精神的に異常な状態にあったとは、にわかに信じがたいが……エンゾがそう言うのなら、そうなんだろう。

（俺……本当に、困ってるんだけど……）

結構な時間、無言を貫いていると、エンゾは、根負けしたのか疑問を口にした。

（……何を困っているんだ？　ベアトリスは、もうお前に結婚してくれとは言わないだろう）

聖女ベアトリスに関しては、俺も心配していない。

これまであの子に対して、それなりにお行儀の良い顔しか見せていなかったことは認める。

なぜかと言うと、俺がベアトリスの期待外れの行動を取ると、泣き出すか怒るかという、とても面倒くさいことになるので、反射的に適当で当たり障りのない態度で受け流す対応ができるように訓練されていたからだ。

それほどまでにベアトリスがへそを曲げるたびに、俺たちは非常に困っていた。

色んな意味で辛《つら》く苦しい魔王を打ち倒す冒険が長引くことは、どうしても避けたかった。

だが、俺は別にお上品な貴族ではなく、戦闘の腕を長年磨いてきた冒険者だ。

正直な話をすれば、俺はベアトリスが望むような紳士的な中身でもないと思う。なんたって、王都の下町で生まれ育ったんだから。

貴族として、育てられたわけでもない。高い爵位は得たが、なにもかも付け焼き刃でどうするべきかと悩むことも多い。

そういう意に沿わぬことをさせられたという超絶に嫌な経験にも、今振り返れば感謝することはあったりもする。

生まれた時から聖女として育ったベアトリスが平均的な女の子であるとは言いがたいとは理解しているものの、女の子の好む言葉選びや対応の仕方を、そこで鍛えられたと思うからだ。

逆境は、確かに好機だ。物は考えようだ。

フィオナは、可愛い。

俺にとって、彼女は最高で最適な最愛の妻と言える。

それに、優秀な彼女は俺がわからないことを実地で埋めてくれる、貴重な教師でもあった。

最初はなぜこんな可愛い女の子なのに、自信がなさそうなのかと不思議だった。

もしかしたら、口にしづらい過去の出来事が原因なのかもしれないし、出会って間もない俺に対してなかなか心を開けないから、言えないのだろうとも思っていたのに。

まさかの理由に俺も驚いていた。

今思うと、エミリオ・ヴェルデに……いいや、エミリオに挨拶された時も、なぜこの男はここまで敵意ある目を俺に向けるのだろうと不思議だった。

あいつはフィオナに気持ち悪いほどに執着し、好きに操ろうと考えていたのだろう。

だから、俺はフィオナと出会えて、彼女と結婚できて良かったと思う。

俺は世界を救う勇者に選ばれて、わがままで自分勝手なベアトリスを宥《なだ》めすかして魔王討伐の旅を終え、ようやく解放されたと思ったら国民の命を盾に取っての結婚をしろという脅し。

あの夜。とんでもないことをしてしまった自覚はあるが、フィオナに出会えたなら、それはそれで良いと思える。

もう逃げられない袋小路にまで追い詰められ、そこでとんでもない馬鹿をやって俺は幸せだ。

人生は意外と、そんなものなのかもしれない。

（……シリル？）

不意にエンゾの声が聞こえて、物思いに耽《ふけ》っていた俺は彼からの疑問に対し答えていないことに気がつき苦笑した。

エンゾは心の声で会話するのだが、彼には俺が話しかけようとした声以外は届かないようだった。

（ごめん。フィオナが俺の手を握って放さないんだ……動けなくて……どうしたら良いと思う？）

（勝手にしろ……）

幸せな夫婦に口出しができるかと言わんばかりのエンゾの呆《あき》れたような声を聞いて、俺は肩を震わせて含み笑いした。

しかし、なんてことのない話をエンゾとできてだいぶ気分は軽くなった。

（ありがとう。エンゾ。話せて嬉しかったよ）

（……さっさと眠れ）

可愛いフィオナの隣で横たわり眠るふりをする拷問も、彼と一緒だと思えば、いけない気持ちも散らせそうだった。

この夜は長い。しかし、振り返ればいつも時が過ぎるのは瞬《また》く間だ。

（これでは眠れないから、彼女のことでも考えることにするよ）

聞こえているはずのエンゾからは、もう返事はなかった。惚気《のろけ》に付き合って、時間を無駄にしたと思われたのかもしれない。

妻フィオナの寝相が良すぎることに俺は、思いを馳《は》せることにした。

彼女は何をしても可愛いので、何をどうしたら可愛くなくなるのかも、考えたいと思う。

いくらでも、時間はある。

もう駄目だと諦めそうな悲劇が裏返った幸運な出会いで結婚した彼女とは、これからも一生一緒に居るのだから。

あとがき

とんでもない出会いからの甘い恋物語でしたが、お楽しみいただけたでしょうか？

看板勇者ですが、以前友達と原宿に行った時に「結婚してください」と書かれた看板を持っている人が居た光景を鮮烈に覚えておりました。

私がそれを見て一番に気になったのが「えっ……本当に応募が来たらどうするの？」でした。

そこから考えた物語がこちらです。

少しでも、お楽しみいただければ幸いです。

待鳥園子

「急募《きゅうぼ》：俺《おれ》と結婚《けっこん》してください！」の看板《かんばん》を掲《かか》げる勇者様《ゆうしゃさま》と結婚《けっこん》したら、溺愛《できあい》されることになりました

2024年4月5日　初版発行

初出……「「急募：俺と結婚してください」の手持ち看板を掲げ困っていた
勇者様と結婚することになったら、誰よりも溺愛されることになりました。」
小説投稿サイト「小説家になろう」で掲載

著者　待鳥園子

イラスト　Shabon

発行者　野内雅宏

発行所　株式会社一迅社
〒160-0022 東京都新宿区新宿3-1-13 京王新宿追分ビル5F
電話　03-5312-7432（編集）
電話　03-5312-6150（販売）
発売元：株式会社講談社（講談社・一迅社）

印刷所・製本　大日本印刷株式会社
ＤＴＰ　株式会社三協美術

装幀　世古口敦志・丸山えりさ（coil）

ISBN978-4-7580-9631-7
©待鳥園子／一迅社2024

Printed in JAPAN

おたよりの宛て先
〒160-0022 東京都新宿区新宿3-1-13 京王新宿追分ビル5F
株式会社一迅社　ノベル編集部
待鳥園子《まちどりそのこ》 先生・Shabon《シャボン》 先生

●この作品はフィクションです。実際の人物・団体・事件などには関係ありません。

※落丁・乱丁本は株式会社一迅社販売部までお送りください。送料小社負担にてお取替えいたします。
※定価はカバーに表示してあります。
※本書のコピー、スキャン、デジタル化などの無断複製は、著作権法上の例外を除き禁じられています。
本書を代行業者などの第三者に依頼してスキャンやデジタル化をすることは、個人や家庭内の利用に限るものであっても著作権法上認められておりません。